AF215806

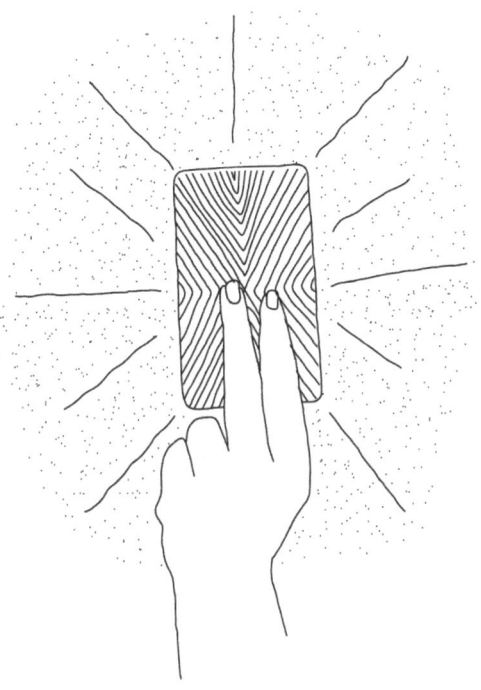

KATE S STARK

WAYWARD WITCHES

witch's world band 1

Bibliografische Information der Deutschen Nationalbibliothek: Die Deutsche Nationalbibliothek verzeichnet diese Publikation in der Deutschen Nationalbibliografie; detaillierte bibliografische Daten sind im Internet über dnb.dnb.de abrufbar.

Covergestaltung: Kate S. Stark
Herstellung und Verlag: BoD – Books on Demand, Norderstedt
ISBN: 978-3-750421103

Für alle, die an Magie glauben.
Auch ohne Brief aus Hogwarts oder
Wächter des Lichts.

PROLOG

Wenn ich mich an meine Kindheit zurückerinnere, vor allem an die Zeit vor meinem vierten Geburtstag, sticht nur eine einzige Erinnerung hervor.

Feuer.

Glühend heiße Flammen, die in meinen Augen brennen und alles um sie herum zerstören. Mein Zuhause, meine Familie, vielleicht sogar mich. Noch heute spüre ich die Hitze auf meiner Haut, kann das Leuchten hinter geschlossenen Augenlidern sehen.

Knackend und kreischend breitet sich das Feuer aus wie eine Krankheit. Es frisst sich in Holz und Stein, in Haut und Haar. Ich höre Wasser zischen. Das Blut seiner Opfer.

Das Atmen fällt mir schwer. Asche dringt mir in den Mund und legt sich auf meine Haare. Rauch erfüllt meine Lungen, während mir der beißende Gestank nach Tod und Zerstörung in die Nase steigt. Ich weiß, dass ich Angst haben sollte, aber da ist nichts. Nicht mehr.

Ich höre die Schreie der Lebenden, gefangen in den Flammen, aber noch lauter ist das Schweigen der Toten.

Und dann falle ich, tiefer und tiefer hinab in eine endlose Dunkelheit, kälter als Eis, die mir das Blut in den Adern gefrieren lässt.

Ich weiß, dass das alles nur ein Traum gewesen ist, aber es lässt mich einfach nicht mehr los.

Es ist ihre Stille, die mich in meinen Alpträumen heimsucht. Nicht das Feuer oder die Schreie der Sterbenden. Es ist das Schweigen der Toten, das ich seitdem tief in mir verspüre.

KAPITEL 1

Der Geruch von frisch aufgebrühtem Kaffee und getoastetem Brot vertreibt die Erinnerung an meinen Alptraum, als ich mich auf den Weg zur Küche mache. Schon vom zweiten Stockwerk aus höre ich geschäftiges Treiben hinter der weißen Tür mit der aufgemalten Teekanne. Geschirr klirrt, jemand donnert Besteck in die Schublade und meine Mutter summt leise vor sich hin, während sie das Frühstück zubereitet. Als ich die Tür aufstoße, ertönt ein schriller Schrei, der mich mitten in der Bewegung innehalten lässt. Sofort sind die Erinnerungen an meinen Alptraum, den einzigen, den ich jemals hatte, zurück.

»Mike, du kleiner Rotzlöffel!«, ruft meine Mutter und sofort entspanne ich mich wieder. Ein bisschen Familiendrama am Morgen wirkt bei mir wahre Wunder. Das hier, die Standpauke, die Mum Mike hält, ist für mich wie Balsam auf der Seele. Genau das, was ich nach einer solchen Nacht gebrauchen kann. Es ist einfach so normal, so nebensächlich, dass dieses endlose Schweigen in mir langsam verblasst und sich wieder mit Leben füllt.

»Was hast du denn nun schon wieder angestellt?«, frage ich meinen kleinen Bruder und wuschele ihm durch die rotblonden Haare, die ihm ständig ins Gesicht hängen. Mum sagt, dass Mike wohl damit verbergen will, wenn er wieder einen seiner Streiche aushecket.

»Ach, die Pancakes werden heute einfach sehr salzig schmecken«, meint er mit einer Unschuldsmiene, die jeden anderen hätte glauben lassen, er wäre das bravste Kind, das je geboren worden ist. Aber Mike hat es faustdick hinter den Ohren.

»Nimm dir lieber gleich zwei Tassen, Isa«, fügt er hinzu und hält mir einige sehr angeschlagene Exemplare hin, die er gerade aus dem Geschirrspüler geholt hat.

»Na, toll, vielen Dank auch, Kleiner«, entgegne ich und fahre ihm wieder durchs Haar, nur um ihn zu ärgern. Während Mike dazu geboren ist, anderen Streiche zu spielen, die mitunter ziemlich fies enden, ist es meine Aufgabe als seine große und einzige Schwester, ihn ein bisschen leiden zu lassen. Sozusagen als Entschädigung für all diejenigen, die ihm zum Opfer gefallen sind. Besonders Mum, die aber auch wirklich leicht zu ärgern ist, vor allem wenn sie nach einem Kundenbesuch wieder völlig zerstreut ist.

»Langsam solltest du doch daran gewöhnt sein, dass er das macht, Gloria-Schatz«, meldet sich mein Vater vom Küchentisch zu Wort, ohne den Blick von seinem Buch zu heben. Lucas, mein älterer Bruder, sitzt neben ihm und wirkt dabei wie eine jüngere Version von Dad. Beide beugen sich, die Brillen bis auf die Nasenspitze vorgezogen, über dicke Wälzer und halten ihre Kaffeetassen in der einen Hand. Mit der anderen machen sie sich geschäftig Notizen, ohne je den Blick von den ach so spannenden Zeilen zu heben. Eigentlich habe ich gehofft, etwas mehr Zeit mit Lucas zu verbringen. Seit er zusammen mit Dad für das Institut arbeitet, bekomme ich meinen großen Bruder kaum mehr zu Gesicht. Ich vermisse die alten Zeiten, aber selbst einen Tag vor meinem Geburtstag können die beiden nicht ihre Finger von den Büchern lassen.

Ich reiße Mike eine der Tassen aus der Hand und schenke mir Kaffee ein, ehe ich mich zu Dad und Lucas an unseren Küchentisch setze und versuche, mitzulesen. Aber sowohl Lucas als auch Dad ziehen ihre Bücher weiter von mir weg und schütteln den Kopf. Immer noch fest auf ihren Lesestoff konzentriert.

»Nichts für dich, Isa. Eine Grundsatzdebatte über Geistererscheinungen und paranormale Phänomene ist nicht für die morgendliche Konversation geeignet«, sagt Dad und rückt sich mit dem Stift in der Hand die Brille zurecht. Ich an seiner Stelle hätte mir vermutlich ins Gesicht gemalt, aber er hat in dieser Bewegung auch einiges mehr an Übung. Seit ich mich erinnern kann, finde ich ihn jeden Morgen so vor. Und seit Lucas die Schule beendet hat, hat auch ihn der Leseeifer gepackt. Frustriert zupfe ich am weißen Lack des Tischbeins herum, der an vielen Stellen schon abgeblättert ist.

»Wenn du das noch einmal machst, kannst du in Zukunft dein Frühstück selber herrichten«, ertönt die Stimme meiner Mutter, als ich gerade etwas erwidern will.

Nun blicken auch Lucas und Dad auf, um zu sehen, was in der anderen Ecke unserer gemütlichen Küche vor sich geht. Mike macht bei dieser Ansage große Augen und lässt schließlich entschuldigend den Kopf hängen.

»Kommt nie wieder vor.«

Wir alle wissen, dass es nur eine Frage der Zeit ist, bis er uns den nächsten Streich spielt. Und er ist wirklich verdammt clever. Liegt vermutlich auch daran, dass er vom Meister persönlich gelernt hat. Mein Blick fällt auf Lucas, der gerade wieder etwas in seinem Notizbuch festhält. Die letzten beiden Jahre seit seinem Schulabschluss hat er sich so verändert, dass ich ihn kaum wiedererkenne.

»Isa, du bist wieder viel zu spät. Wir müssen gleich los«, tadelt mich meine Mutter, als sie mich endlich bemerkt und schüttelt den Kopf. Das ist so eine Sache bei ihr. Während die Mehrheit aller Frauen behaupten würde, gute Multitaskerinnen zu sein, kann sich meine Mum immer nur auf eine Sache konzentrieren. Wenn überhaupt … Sie ist ziemlich zerstreut und kann einen Satz mit dem Wetter beginnen und ihn mit einem Gerücht aus den feineren Kreisen Londons beenden.

»Das ist der Preis, den ich für die Zukunft zahle«, sagt sie dann immer und seufzt traurig. Meistens fällt ihr Blick dann auf die vielen Kristallkugeln, Tarotkarten oder Spiegel, die überall im ganzen Haus verteilt liegen. Die Hilfsmittel ihrer Arbeit.

»Was machst du denn immer, dass du so lange brauchst?« Mum fährt sich durch die rotblonden Locken, die sie ganz klar Mike vererbt hat, und mustert mich von Kopf bis Fuß. »Und was du wieder anhast, Isa! Kannst du dich für unsere Kunden nicht etwas passender kleiden?«

Ich verdrehe die Augen und wende mich wieder meinem Kaffee zu. Um cool zu wirken, hätte ich jetzt behaupten können, er wäre schwarz wie meine Seele, aber für mich gehört zu einem guten Kaffee ein ordentlicher Schuss Milch samt Zucker.

Mum findet meinen Kleidungsstil etwas zu gewagt. »Was sollen denn die Leute denken, Isa? Dass du eine Satanistin bist?«, ist so eine Frage, die sie mir immer wieder stellt, nur weil ich gerne dunkle Kleidung trage. Es ist einfach praktisch, sich auf eine so kleine Farbpalette bei meinen Klamotten zu beschränken. Schwarz, weiß, grau. Ich kann so ziemlich alles kombinieren, es kaschiert geschickt Problemzönchen und passt einfach am besten zu mir. Ich glaube, insgeheim ist Mum einfach nur ein bisschen enttäuscht, dass ich nicht wie die Barbiepuppenmädchen bin, die sie von ihren Kunden gewöhnt ist. Was Klamotten angeht, kommen wir drei Kinder wirklich nach Dad. Einfach, praktisch und haltbar müssen sie sein, und bequem wäre auch nicht schlecht.

»Hast du mich vorhin nicht gehört, Schatz? Du musst gleich los!«, sagt meine Mutter plötzlich so nah an meinem Ohr, dass ich zusammenzucke und mir den Kaffee über mein weißes T-Shirt kippe. Was für ein Glück, dass Mum den Kaffee immer schon aufsetzt, wenn es draußen noch stockdunkel ist. So ist er jetzt nur noch lauwarm, vermutlich auch wegen all der Milch darin. Verbrennungen sind nach meinem Alptraum wirklich das letzte, was ich brauchen kann.

»Toll, danke, Mum. Das war mein Frühstück«, murre ich und schiebe den Stuhl zurück. Ich wette, das hat sie mit Absicht gemacht, damit ich mir etwas Passenderes anziehe. So kann ich jedenfalls nicht das Haus verlassen.

»Gern geschehen, Schatz«, erwidert sie zuckersüß und wendet sich wieder dem Geschirrspüler zu, den Mike nur zur Hälfte ausgeräumt hat.

»Wo ist denn dieser Flegel schon wieder hin? Isa, was machst du denn noch hier? Umziehen, sofort!« Und da ist sie wieder, die berühmt berüchtigte Wechselhaftigkeit meiner Mutter. Hat sie in der einen Sekunde noch verwirrt vor sich hin geflüstert, blafft sie gleich darauf schon wieder Befehle. Den ganzen Sommer geht das nun schon so. Isa hier, Isa da. Sie hat mich zu so ziemlich jeden Kundentermin in den letzten Wochen mitgeschleppt, bis mir langsam klar geworden ist, was sie vorhat. Sie will, dass ich in ihre Fußstapfen trete… Wenigstens einer muss das Familiengeschäft am Leben halten, richtig? Lucas hat seine paranormalen Wälzer und Mike seine Streiche, also muss ich herhalten, um Mum glücklich zu machen und etwas für die Haushaltskasse zu tun. Früher ist Mum nicht so zerstreut gewesen, aber je öfter sie für ihre Kunden in die Zukunft blickt, umso mehr scheint sie sich darin zu verlieren. Ich erinnere mich noch genau daran, als sie vor der versammelten Familie verkündet hat, dass sie ihre Aufträge auf ein Minimum zurückschrauben muss, um nicht ganz den Verstand zu verlieren. Normalerweise hätte Dads Gehalt als Professor ausreichen müssen, aber bei so einem alten Haus und drei Kindern, die die Privatschule besuchen, ist nicht mehr viel übriggeblieben. Ganz zu schweigen von Granny Sues

Altersheim, das auch bezahlt werden muss. Auf die teure Schule zu verzichten, wäre die einfachste Lösung gewesen, aber da hat Dad nicht mit sich reden lassen.

»Ihr geht da weiter hin. Keine Widerrede! Das ist eine Investition in eure Zukunft«, hat er mit grimmiger Miene gesagt und seine Tasse so fest auf den Tisch geschlagen, dass der ohnehin schon rissige Henkel vollends abgebrochen ist. Und Mum hat danebengestanden und genickt, während Lucas und ich versucht haben, die beiden vom Gegenteil zu überzeugen.

»Wir schaffen das schon irgendwie. Nicht mehr lange und Lucas ist fertig. Und dann kann er uns im Institut unterstützen.« Noch heute sehe ich Lucas' Gesicht vor mir, als Dad seine Zukunftspläne für ihn verkündet hat. Die Augen weit aufgerissen, die Wangen mindestens drei Nuancen blasser als noch eine Minute zuvor. Das blanke Entsetzen.

»Und du kannst deiner Mum ein bisschen im Haushalt helfen, Isa.« Spätestens da muss ich wie Lucas ausgesehen haben. Hausarbeit ist nicht das Problem. Ich helfe Mum gerne, aber meistens hat sie mich sowieso nichts machen lassen. Dass ich ihr jetzt zur Hand gehen muss, hat damals meine Alarmglocken aufschrillen lassen. Es geht ihr schlechter, als die beiden uns wirklich erzählen wollen. Also haben Lucas und ich zu allem Ja und Amen gesagt. Er ist zum Institut gegangen, nachdem er die Schule abgeschlossen hat, und ich habe Mum ausgeholfen. Erst im Haushalt und später auch mit ihren Kunden, weil wir sonst die Heizung nicht hätten reparieren können. Und irgendwie bin ich danach aus der ganzen Wahrsager-Sache nicht mehr herausgekommen. Erst habe ich Mum nur begleitet und sie wieder sicher nach Hause gebracht, aber sie hat schon früh gemerkt, dass ich eine ähnliche Gabe wie sie entwickle. Nur mit wesentlich weniger Erinnerungsverlust und Zerstreuung.

Jetzt, wo es uns finanziell wieder besser geht, schließlich kann Lucas nun auf eigenen Beinen stehen, ist meine Chance gekommen, um auszusteigen, aber auch da lassen meine Eltern, ganz besonders Mum, nicht mit sich reden. Schon vor Monaten habe ich es aufgegeben, ihr zu erklären, dass ich mein Geld nicht wie sie mit Wahrsagerei verdienen möchte, sondern mit Geschichten. Das ist zwar auch nicht unbedingt praktisch, führt aber zu mehr, als den Reichen und Schönen von London die Zukunft vorherzusagen und ihnen immer dieselben Sachen zu erzählen, nur damit sie zufrieden sind und so weiterleben können wie bisher.

Um meine Mutter nicht noch mehr zur Weißglut zu treiben, sie wird ja auch nicht mehr jünger, stürze ich den restlichen Kaffee herunter und merke, wie ich allmählich aus dem Dämmerzustand erwache, der mich morgens immer befällt. So langsam bin ich funktionsbereit, aber wenn ich so an mir heruntersehe, keineswegs einsatzbereit für die nächste Runde Kartenlegen und Wahrsagen mit Londons *Desperate Housewives*. Also sprinte ich die Treppen hinauf in mein Zimmer, um mir zumindest ein frisches Shirt zu holen. Alles andere bleibt so wie es ist, auch wenn es Mum stört. Irgendwie muss ich mich ja von den Barbies absetzen, in deren Welt mich meine Mum in den letzten Monaten so oft mitgeschleppt hat. Außerdem passt eine schwarze Jeans samt allerhand Ringen und einem Spitzen-Choker doch viel besser zu einer Wahrsagerin als ein leichtes Sommerkleid und farblich passender Strickweste, oder?

Auf dem Weg nach unten werfe ich einen Blick in die vielen antiken Spiegel mit denen Mum unser schmales Treppenhaus dekoriert hat. Ich sehe aus wie immer. Lange kastanienbraune Haare, Smokey Eyes und ein knallroter Lippenstift, der die Blässe meiner Haut noch einmal besonders betont. Genau so wie ich es mag.

»Ach, du altes Schneewittchen! Warum kannst du nicht einmal auf deine arme Ma hören?«, fragt sie, kaum dass ich die unterste Treppenstufe und damit das Erdgeschoss erreiche. Mit den Händen in die Hüften gestemmt betrachtet sie den Plan und die vielen Zettel, die sie an der Treppenwand befestigt hat. Telefonnummern, Adressen und Namen sind darauf vermerkt. Hin und wieder finden sich dort auch Visitenkarten oder Abbildungen von Mums Kartenset. Das Herzstück bildet allerdings ein ziemlich billiger Fotokalender mit Waldmotiven, in den Mum *unsere* Termine einträgt. In letzter Zeit sind es immer mehr meine geworden und so auch heute, wie es aussieht.

»Hm, also … Wenn ich mir den Kalender so ansehe, musst du heute zu den Pemberleys. Ich habe im Keller noch eine ganze Horde Wäsche, die dein Bruder mitgebracht hat«, sagt sie mit einem Blick auf den Wandkalender.

»Soll ich nicht lieber die Wäsche waschen? Wir wollen doch nicht, dass Lucas mit Klamotten im Koffer abreist, die ihm drei Nummern zu klein sind«, necke ich Mum und hoffe, noch irgendwie aus dieser Pemberley-Session herauszukommen. Rosalie Pemberley gehört zu Mums besten Kunden und ich weiß nicht, ob ich wirklich bereit bin, für sie in die Zukunft zu blicken. Im Gegensatz zu Mum schaffe ich es einfach nicht, die Wahrheit der Karten so zu verdrehen, um Mrs. Pemberley und all die anderen Kunden zufrieden zu stellen. Wer hört schon gerne, dass die nähere Zukunft nicht so rosig aussieht?

»Netter Versuch, aber ich glaube, ich kann das heute nicht«, entgegnet Mum und gibt sich große Mühe, ihr Lächeln aufrecht zu erhalten. Ihre Mundwinkel zittern verdächtig stark.

»Alles okay?« Ich kann die Besorgnis nicht länger aus meiner Stimme heraushalten. Wir alle wissen, was mit jemandem aus unserer Familie passiert, wenn er ein bisschen zu weit in die Zukunft geblickt hat. Granny Sue ist das beste Beispiel dafür und sitzt seit einigen Jahren in einem Sanatorium an der Küste Cornwalls. Sie ist zwar auf dem Weg der Besserung, aber ich kann Mum nicht auch noch an die Zukunft verlieren.

»Natürlich, Schätzchen. Je mehr Aufträge du absolvierst, umso eher bekommen wir das wieder zum Laufen«, entgegnet Mum und nickt entschlossen.

Ich sauge tief die Luft ein und beiße mir in die Wange. Wie gerne würde ich jetzt etwas erwidern, ihr von meinem Studienplatz erzählen und aus ihrem kleinen Familiengeschäft aussteigen. Aber ich mache mir einfach zu große Sorgen um sie. Besser ich gehe, damit Mum sich erholen kann. Sobald ich aus dem Haus bin, haben sie einen Mund weniger zu füttern. Bloß gut, dass mein Stipendium nicht nur die Kosten der Bücher oder des Wohnheims abdeckt ...

Aber irgendwann wird der Moment kommen, in dem ich es ihnen sagen muss. Irgendwann muss ich ihnen von meinen eigenen Zukunftsplänen erzählen, die nichts mit Wahrsagen oder Dads ominösem Institut zu tun haben. Und dieser Tag rückt immer näher. Ich weiß noch immer nicht, was ich sagen soll, um sie zu überzeugen, dass das für uns alle der beste Weg ist. Aber eines weiß ich mit Sicherheit: Es wird verdammt schwer werden. Bei Lucas haben sie nicht nachgegeben, wobei er schon immer der rebellischere von uns beiden gewesen ist.

»Du hast eine große Gabe, Isa, die darfst du nicht verstecken«, sagt Mum mir immer wieder, wenn ich zu protestieren versuche. Und Dad nickt bloß, ohne von seinem Buch aufzusehen. So wie immer eben.

Noch habe ich keinen Plan, wie ich dem ganzen Familiengeschäft, das Mum aufgebaut hat, entkommen kann. Aber es ist nicht das, was ich mein Leben lang tun möchte. Ich habe es satt, mich von irgendwelchen reichen Tussis anmotzen zu lassen, nur weil ich ihnen nicht das vorhergesagt habe, was sie sich vorgestellt haben. Ich sage ihnen die Wahrheit, ob es ihnen gefällt oder nicht, aber leider wirkt sich das hin und wieder auf meinen Geldbeutel aus. Und auf das Verhältnis der Kunden zu meiner Mutter, die ihr allesamt vertrauen und immer höchst zufrieden mit ihr und ihren Vorhersagen sind. Nur weil Mum hin und wieder lügt, was die Karten betrifft, kann ich das einfach nicht. Wenn ich ein schlechtes Gefühl habe, während ich für jemanden in die Zukunft blicke, dann sage ich das auch. Andersherum würde ich es mir auch wünschen, dass man mir die Wahrheit sagt, sollte mir bald etwas Schlimmes zustoßen. So kann ich mich doch besser darauf vorbereiten, oder nicht?

Tja, Mums Kunden sehen das in den meisten Fällen anders.

»Sie erwarten dich um neun, also solltest du jetzt besser los, sonst kommst du noch zu spät. Du weißt, wie wichtig die Pemberleys sind. Rosalie hat uns so vielen anderen weiterempfohlen. Durch sie konnte ich den Kundenstamm fast verdoppeln«, bläut mir meine Mum ein und schiebt mich bereits auf die Haustür zu. Dabei hatte ich noch gar nicht die Gelegenheit gehabt, eine zweite Tasse Kaffee zu trinken. Und das ist unbedingt notwendig, bevor ich irgendetwas tue, was auch nur im entferntesten Sinne mit Wahrsagerei zu tun hat.

»Hast du denn auch deine Karten?«, fragt mich Mum wie immer und wirft mir meine Jacke zu, die ich gerade noch so auffangen kann, bevor sie mir gegen den Kopf schlägt. Nicht ganz ungefährlich, wenn man die Nieten an den Ledernähten bedenkt. Anscheinend hat sich Mum zumindest für heute mit meinem Kleidungsstil abgefunden.

»Sie sind immer in meiner Tasche. Außerdem brauche ich sie doch eigentlich gar nicht«, erinnere ich sie, auch wenn meine Mutter ganz genau weiß, dass meine *Gabe*, wie sie es nennt, auch ganz ohne Tarotkarten oder Glaskugeln funktioniert. Sie ist einfach da, wie ein Bauchgefühl, das ich niemals abstellen kann. Und auch heute, als ich das Haus verlasse, werde ich das Gefühl nicht los, dass ich mit jedem Schritt näher auf eine Katastrophe zusteuere. Es ist kein leichtes Gefühl, das man als Aberglauben abtun kann, kein Unwohlsein, weil ich eigentlich keine Lust habe, in die Zukunft irgendeines verwöhnten Teenager-Mädchens zu blicken, nur um zu sehen, ob sie diesen oder jenen perfekten Ehemann findet.

Nein, dieses Mal ist es ein Gefühl, das meinen ganzen Körper in Beschlag nimmt, jede einzelne Faser umschließt und mir Gänsehaut verursacht, die selbst der krasseste Horrorfilm nicht zustande bringen könnte. Irgendetwas stimmt nicht. Irgendetwas ist im Gange, aber leider verrät meine Fähigkeit wie so oft nicht, was dieses Etwas ist. In diesem Punkt bin ich genauso ahnungslos wie unsere Kunden, wenn es um die Zukunft geht.

Super!

KAPITEL 2

Jedes Mal, wenn ich vor dem Haus der Pemberleys stehe, stockt mir der Atem. Es ist gefühlt fünfmal so groß wie unser Haus, wobei zwei Leute weniger darin wohnen. Manchmal wünsche ich mir, dass wir uns auch ein größeres Haus leisten könnten. Ich liebe meine Familie über alles, aber sie gehen mir manchmal wirklich auf die Nerven. Und Klopfen haben sie nie gelernt, sondern platzen einfach immer in mein Zimmer, auch wenn ich ausdrücklich um Ruhe gebeten habe. Aber von allem, was ich über die reichen Familien Londons weiß, sind sie alles andere als perfekt, wie sie nach außen hin erscheinen. Als Wahrsagerin erfährt man schnell von Lug und Trug, denn die Karten lügen nie.

Als ich klingele, öffnet mir ein Butler im makellosen Anzug und neigt zur Begrüßung das Haupt.

»Miss Finchley, Mrs. Pemberley und ihre Tochter Miss Annabelle erwarten Sie bereits«, verkündet er ernst und bedeutet mir, einzutreten. Mir entgeht nicht, dass er mich mit dieser Mischung aus Neugier und Misstrauen beobachtet, die uns das Personal und meist auch die Männer unserer Kundinnen entgegenbringen. Sie denken, wir würden uns das alles nur ausdenken und lügen, bis sich die Karten biegen, aber andererseits sind sie auch neugierig, ob es nicht doch stimmt. Ob wir nicht doch mittels unserer Karten oder wie Granny Sue mit einer echten Kristallkugel in die Zukunft blicken können.

Kaum habe ich einen Fuß über die Schwelle gesetzt, beschleunigt sich mein Herzschlag bei dem Anblick, der sich mir in den Häusern all unserer Kunden bietet. Vor allem bei den Pemberleys ist mit Gold, Prunk und Protz nicht gespart worden. Ihr Haus ist eigentlich kein Haus, sondern ein Miniaturschloss, wie ich es selbst in den Häusern anderer reicher Kunden noch nie gesehen habe. Freistehend und mit einem schmiedeeisernen Zaun, hinter dem sich uralte Eichen in den Himmel recken und den weißen Kiesweg zur Haustür mit Schatten überdecken. Innen ist das Haus der Pemberleys aber noch weit eindrucksvoller. Prachtvolle Bilder an den Wänden, die mich an eine virtuelle Tour durch den Louvre erinnern, die Lucas und ich mit Dad haben anschauen müssen. Büsten und Statuen aus weißem Stein, ich vermute mal Marmor, in jeder Nische und Ecke. Aber das krasseste sind die frischen Blumen, die im ganzen Haus ihren Duft verbreiten, als wäre der Butler mit einem Flakon durch die breiten Gänge spaziert, um den Geruch nach Staub in der abgestandenen Luft loszuwerden. So wie die dicken Samtvorhänge aussehen, kann man sich fast sicher sein, dass die Fenster kaum geöffnet werden. Man könnte sich ja an der schlechten Großstadtluft vergiften.

Reiß' dich zusammen, Isa!

Mum hat recht. Die Pemberleys sind unsere wichtigsten Kunden und ich darf es mir wirklich nicht mit ihnen verschätzen. Mrs. Pemberley vertraut auf den Rat meiner Mutter und hat sie früher vor Mums Auszeit fast täglich zu sich gerufen, um Entscheidungen zu treffen. Sollte es nach ihren Wünschen verlaufen, ist sie glücklich und notfalls hat sie jemanden, den sie beschuldigen kann, falls eines ihrer Vorhaben schiefgeht. Meistens beschränkt sich das allerdings auf die Gästeliste für irgendeine Feier oder wie viel sie bei einer Wohltätigkeitsauktion ausgeben muss, um auf die Frontseite eines Klatschblatts, oder am besten alle, zu kommen.

Ihre Tochter Annabelle dagegen glaubt nicht wirklich an das, was wir tun. Sie versucht ständig ihre Mutter davon abzubringen, uns zu sich zu rufen, aber heute ist sie ebenfalls anwesend, wie der Butler gesagt hat. Aber warum? Ich habe sie bisher erst ein oder zweimal gesehen, allerdings einiges über sie gehört. Sie geht auf die Privatschule gegenüber meiner, die noch einen Ticken teurer und exklusiver ist, und gehört dort zu den beliebtesten Schülerinnen. Wie könnte es anders sein bei dem Reichtum, den die Pemberleys so offen zur Schau stellen?

Ich weiß noch immer nicht, woher meine Eltern es sich leisten können, mich und meine beiden Brüder auf diese Privatschule zu schicken. Gut, Lucas hat längst seinen Abschluss und arbeitet zusammen mit meinem Vater, mit was auch immer dieser seine Zeit verschwendet. So genau weiß ich nämlich gar nicht, was er tut. Er ist Professor für irgendetwas Paranormales, ist dabei aber ziemlich geheimniskrämerisch. Immer wenn ich ihn danach frage, meint er, dass es noch nicht Zeit für mich ist, das herauszufinden. Und sein Arbeitszimmer ist abgeschlossen, wenn er nicht da ist. So ein Schloss lässt sich knacken, könnte man meinen, aber ich bin selbst nach Jahren der Übung an allen möglichen Türen und Verschlüssen in unserem Haus daran gescheitert. Und auch Mum wird immer recht still, wenn es um Dads Arbeit geht. Ein Begriff fällt allerdings immer häufiger in letzter Zeit. *Das Institut.* Keine Ahnung, was das bedeutet oder für was diese Bezeichnung steht, aber anscheinend ist das der Arbeitgeber von Dad und Mum. Was ziemlich komisch ist, schließlich ist meine Mutter seit gefühlten Ewigkeiten als selbstständige Wahrsagerin in London unterwegs. Was soll sie da mit diesem ominösen Institut zu schaffen haben?

Ich schiebe den Gedanken an die Arbeit meines Vaters und sämtliche Privatschulgerüchte beiseite, um mich besser auf die Zukunft der Pemberleys konzentrieren zu können. Denn, auch wenn ich meine Gabe nicht gerne benutze, möchte ich trotzdem einen guten Job abliefern. Ich weiß, wie wichtig das meiner Mutter ist, und dass Mrs. Pemberley mit ihrer Neugier für ihre eigene Zukunft eine unserer Haupteinnahmequellen ist. Ich kann mir nur schlecht vorstellen, dass mein Vater so viel Geld mit seinem geheimnisvollen Professorenjob macht. Und selbst bei der Wahrsagerei kommt nicht genug zusammen, um uns Kinder auf diese Schule zu schicken, vor allem nachdem Mum immer weniger Aufträge angenommen hat. Allein die kratzigen Uniformen kosten ein halbes Vermögen, was eigentlich schon an ein Verbrechen grenzt.

Wie gut, dass ich da seit einigen Wochen raus bin und auch nicht mehr zurück muss. Jetzt fragt sich nur, was als nächstes für mich ansteht. Bei einem bin ich mir sicher: Wahrsagen oder wie Lucas und Dad die Nase in Bücher über Geister und okkulte Rituale zu stecken, kommt nicht für mich in Frage.

»Ah, Miss Finchley. Ihre Mutter hat mich bereits in Kenntnis gesetzt, dass sie heute nicht kommen wird«, begrüßt mich Rosalie Pemberley, die wie eine Königin auf einem riesigen Lehnsessel thront, und deutet auf einen kleinen unscheinbaren Stuhl einige Meter von ihr entfernt. Ihre Tochter Annabelle sitzt auf dem Sofa, das bestimmt mehr wert ist als die gesamte Einrichtung meines Zimmers zusammen. Billige Ikea Möbel, uralte Regale, die sicherlich noch aus den Zeiten von Granny Sue stammen, findet man hier sicher nicht einmal im Keller. Nicht, dass ich den je zu Gesicht bekommen hätte ...

»Ja, ihr ist wohl irgendetwas dazwischengekommen«, murmele ich und setze mich auf den Stuhl. Ohne weitere Worte zu verschwenden, ziehe ich das Kartendeck aus meiner Tasche heraus und löse das Band, mit der ich es zusammenhalte. Eine Schleife, die damals um das Paket gewickelt gewesen ist, in dem die Karten gelegen haben. Ein Geschenk meiner Mutter zu meinem dreizehnten Geburtstag. Granny Sue hat mir eine Mini-Kristallkugel geschenkt, aber ich weigere mich bis heute, sie zu benutzen. Nicht weil es albern ist, sondern weil ich mich vor dem fürchte, was ich darin sehen könnte. Es reicht mir schon, zu spüren, was die Zukunft für mich oder unsere Kunden bereithält, und heute fühlt sich das besonders düster an.

Seit meinem dreizehnten Geburtstag haben mich Mum und Granny Sue im Wahrsagen unterrichtet. Darin, wie man Tarotkarten liest, oder die Zukunft anhand Linien auf den Handflächen erkennt. Was bei meiner Urgroßmutter als albernes Hobby begonnen hat, hat Mum zu einer Art sechsten Sinn entwickelt. Sie ist eine Meisterin darin, Dinge zu lesen, nicht nur Hände oder Karten, sondern auch die Gestik ihrer Kunden. Daraus zieht sie die meisten Schlüsse, um ihre Vorhersagen zu treffen. Zahlt aber auch einen hohen Preis dafür.

Bei mir ist es anders, bei mir ist es das Bauchgefühl, das mir heute Morgen fast schon Schmerzen bereitet, weil ich mir sicher bin, dass heute oder in den nächsten Tagen noch irgendetwas passieren wird, was ganz und gar nicht gut für mich sein wird.

»Ich brauche nun Ihre Frage«, sage ich mit einem kurzen Seitenblick auf Mrs. Pemberley, während ich die Karten mische.

Diese schüttelt allerdings den Kopf und blickt in Richtung ihrer Tochter. »Heute ist Annabelle an der Reihe. Es ist ihr großer Tag«, verkündet sie und strahlt bis über beide Ohren. Aha, also hat Barbie Geburtstag. Ein interessantes Geschenk, extra dafür eine Wahrsagerin kommen zu lassen, wo Mrs. Pemberleys Tochter gar nicht an diese Dinge glaubt.

»Die Frage«, wiederhole ich erneut und richte mein Blick dieses Mal auf Annabelle selbst. Sie zieht eine ihrer gezupften Augenbrauen hoch und schnaubt, ehe sie sich nach vorne beugt, und zum ersten Mal, seitdem ich sie kenne, das Wort an mich richtet. Ich versuche nicht zusammenzuzucken, als ich ihre Zähne sehe. So spitz wie sie sind, gehören sie eher zu einem Raubtier als zu einem Menschen. Kein Wunder, dass sie immer so perfekt aussieht … Sie will von diesem Makel ablenken, aber die knallroten Lippen und die Zähne dahinter ziehen alle Aufmerksamkeit an.

»Ich will einfach nur wissen, wie mein nächstes Jahr wird«, reißt sie mich aus meinen Beobachtungen und klingt dabei alles andere als neugierig. Vermutlich macht sie es nur, um ihre Mutter zufriedenzustellen, so wie ich zu den Pemberleys gegangen bin, um meine Mum zu beruhigen. Das ist aber schon die einzige Gemeinsamkeit, die wir haben. Meine Zähne sind jedenfalls ganz normal.

»Also gut …«, murmele ich und mische die Karten erneut, ehe ich sie Annabelle aufgefächert hinhalte, damit sie drei davon auswählen kann. Sie kennt das Prozedere und war schon oft bei den Treffen zwischen meiner Mum und Mrs. Pemberley dabei, auch wenn sie nie ein Wort gesagt hat.

Ich atme tief durch und konzentriere mich wieder auf Annabelle und die Karten, die sie nach meinen Anweisungen verdeckt auf den Tisch legt. Noch bevor ich sie umdrehe, weiß ich bereits, was Annabelle blühen wird. Mein ganzer Körper reagiert auf ihre nahe Zukunft. Erst wird mir unglaublich warm, während es sich so anfühlt, als würde mir jemand über die Arme streichen und mir durch die Haare fahren. Ich schließe für einen Moment die Augen und versuche, die aufkeimende Erregung zu unterdrücken. Das ist hier wirklich nicht der richtige Ort dafür.

Als ich mich wieder einigermaßen im Griff habe, drehe ich die erste Karte um. Der Teufel starrt mich darauf finster an und erklärt meinen heftigen Gefühlsausbruch. Noch immer laufen mir Schauder über den Rücken, während ich mich urplötzlich nach Thomas' Nähe sehne. Auch wenn ich weiß, dass mir meine Gabe gerade einen Streich spielt, würde ich in dieser Sekunde alles geben, um statt bei den Pemberleys in meinem Zimmer zu sitzen und die Lippen meines Freundes auf meinen spüren zu können.

Mrs. Pemberley räuspert sich und rutscht unruhig auf ihrem Sessel nach vorn.

»Nun?«, fragt sie, wobei sie nicht mich, sondern die Karte ansieht.

Ich atme tief durch und versuche, wieder die Kontrolle über meinen Körper zu erlangen, bevor ich noch etwas Unüberlegtes sage.

»Der Teufel steht im Allgemeinen für die eigene dunkle Seite, aber auch für schlechte Angewohnheiten, Beziehungen oder sogar Sucht«, murmele ich und bemerke, wie Mrs. Pemberley ihrer Tochter einen besorgten Blick zuwirft.

»Etwas Genaues kann ich dazu noch nicht sagen«, schiebe ich schnell hinterher, obwohl ich bereits eine gute Ahnung habe, in welche Richtung sich diese Lesung entwickelt. Es ist mir nur ziemlich unangenehm vor Mrs. Pemberley über Annabelles Sexleben zu sprechen. Ich hoffe inständig, dass ich mich irre und in diese heftigen Emotionen etwas vollkommen Falsches hineininterpretiere.

Die Bedeutung der Karten erschließt sich nicht sofort, Isa. Manchmal müssen wir uns erst das große Ganze ansehen, bevor wir einen Sinn erkennen können, schallt Mums Stimme durch meinen Kopf und vertreibt das letzte bisschen Erregung. Sie hat recht, weswegen ich fürs Erste vom grimmigen Teufel und seinen beiden nackten Knechten ablasse und mich auf die zweite Karte konzentriere.

Ein Gefühl des Triumphs macht sich in mir breit, gibt mir das Gefühl, besser als alle anderen zu sein. So muss es sich anfühlen, wenn man zu den beliebten Schülern gehört und mit den anderen tun und lassen kann, was man will. Genugtuung, die nicht meine eigene ist, breitet sich in mir aus und lässt mich schmunzeln, was sowohl bei Mrs. Pemberley, als auch Annabelle für Verwirrung sorgt.

Ich atme tief durch, versuche mich wieder auf meine eigenen Gefühle und Gedanken zu konzentrieren und drehe die zweite Karte um.

Sieben Schwerter.

Das wird ja immer besser!

Bisher bestätigen die Karten genau das, was ich durch die Gerüchteküche an der Schule über Annabelle gehört habe. Selbst meine Mum hat sie nach einer besonders schlechten Lesung für Annabelles Mutter als hinterlistiges Flittchen bezeichnet, sich dann aber sofort die Hand vor den Mund geschlagen und seitdem kaum ein Wort mehr über die Tochter ihrer besten Kundin verloren.

»Die zweite Karte steht für Betrug oder Hintergehung. Sehen Sie, wie der Mann mit den Schwertern einfach so ungestraft davonkommt?« Ich deute auf die Figur im Bild, die fünf der Schwerter wegträgt und ein boshaftes Schmunzeln auf den Lippen trägt.

»Annabelle!« Mrs. Pemberley blickt ihre Tochter entsetzt an. »Was soll das bedeuten?«

Ich setze mich auf meinem Stuhl auf und betrachte meine beiden Kundinnen. Während Mrs. Pemberley weiterhin ihrer Tochter zugewandt ist, ihr Blick fragend, sitzt Annabelle mit verschränkten Armen vor der Brust auf dem Sofa und starrt mich fast genauso grimmig an wie der Teufel auf der ersten Karte.

»Woher soll ich das denn bitte wissen? Sie ist doch die Hellseherin«, entgegnet sie und nickt abfällig in meine Richtung. »Sicher keine besonders gute«, fügt sie leise hinzu, was ihr ein weiteres mahnendes »Annabelle!« von ihrer Mutter einbringt.

Die beiden tauschen für einige Sekunden einen Blick aus, was mir etwas Zeit verschafft, um durchzuatmen. Jetzt könnte ich wirklich eine zweite Tasse Kaffee gebrauchen, oder etwas Stärkeres …

»Bitte, Miss Finchley, fahren sie fort«, bedeutet mir Mrs. Pemberley mit einem gekünstelten Lächeln und deutet auf die letzte Karte, die ich noch immer nicht umgedreht habe.

Als meine Hand sie schließlich berührt, schießt mir ein scharfer Schmerz durch die Wirbelsäule. Das Gefühl zu fallen, wie ich es aus meinen Alpträumen kenne, reißt mich beinahe vom Stuhl. Ich kralle mich am Sitzkissen fest und presse die Zähne aufeinander, um einen Aufschrei zu unterdrücken. Die Karte vor mir, der Turm, ist nur Bestätigung für das, was ich tief in meinem Inneren spüre. Sie ist eine der wenigen Karten, vor der ich mich jedes Mal fürchte, wenn ich eine Lesung beginne, und wie die beiden Figuren darauf fühlt es sich noch immer an, als würde ich aus einem der brennenden Fenster stürzen.

»Das sieht nicht gut aus«, murmelt Mrs. Pemberley und beugt sich auf ihrem Sessel weit vor, um die Karten besser sehen zu können. »Richtig?«

Ich atme tief durch, ehe ich wieder nicke und dann doch den Kopf schüttle. Diese Karte ist unglaublich kompliziert und taucht leider auch ständig in meinen eigenen Lesungen auf. Deshalb ist mir ihre Bedeutung nur allzu vertraut.

»Im ersten Moment ist das wirklich keine gute Karte«, beginne ich langsam, lasse mir Zeit und suche nach einem guten Weg, um Annabelles Lesung zusammenzufassen.

»Sie steht für eine unerwartete Veränderung, für Chaos oder sogar Zerstörung. Mit was auch immer Ihre Tochter durchkommt, es wird diesen Turm-Moment auslösen und ihr komplettes Leben auf den Kopf stellen.«

»Und was meinen Sie, ist diese Sache, mit der sie davonkommen wird?«, fragt Mrs. Pemberley und deutet auf die zweite Karte.

»Mutter! Du glaubst doch nicht ernsthaft dieser Spinnerin, oder?«, ruft Annabelle entsetzt und lehnt sich nun ebenfalls über den mit Intarsien versehenen Kaffeetisch, auf dem uns die Wahrheit über Annabelles Zukunft in bunten Bildern entgegenblickt.

»Nicht in diesem Ton, junge Frau. Du weißt genau, wie sehr ich die Dienste von Gloria und ihrer Tochter schätze«, entgegnet Mrs. Pemberley und wirft Annabelle einen mahnenden Blick zu.

Ich wünschte, Mum wäre jetzt hier. Sie hat solche Situationen immer irgendwie entschärfen können, manchmal mit einem Scherz, irgendeiner Anekdote über andere Kunden oder auch mit einer Notlüge.

Ich dagegen habe keine Ahnung, was ich tun oder sagen soll, also warte ich ab, bis Mrs. Pemberley mich auffordert weiter zu machen und gebe mir Mühe, Annabelles Beleidigung zu ignorieren.

»Unsere persönlichen Gefühle dürfen uns bei einer Lesung nicht in die Quere kommen, Schätzchen. Wir sind lediglich die Übermittler für unsere Kunden, aber nicht deren Richter«, hat mir Mum immer wieder eingebläut. So wirklich ist mir diese wichtige Wahrsager-Lektion aber noch nicht in Fleisch und Blut übergegangen. Da komme ich dann doch eher nach Dad, der über alles und jeden eine Meinung hat.

»Miss Finchley, bitte entschuldigen Sie das Verhalten meiner Tochter. Ich weiß gar nicht, was in sie gefahren ist.« Mrs. Pemberley lehnt sich noch weiter vor, um mir das Knie zu tätscheln, wobei unser beider Blick auf die erste Karte und damit den Teufel fällt. Passen würde es ja, auch wenn ich eigentlich nicht an Himmel, Hölle, Gott und Teufel glaube.

»Schon gut. Das ist sicher viel zu verarbeiten«, nuschele ich, ehe ich mich wieder vollkommen den Karten zuwende. Ich nehme all meinen Mut zusammen, um das auszusprechen, was Annabelle in näherer Zukunft blühen wird.

»Ich glaube, es wird schon sehr bald passieren. Für den Rest des Jahres wird Annabelle dann mit den Folgen des Turms beschäftigt sein. Wie gesagt, fallen diese meist sehr unerwartet und heftig an, aber wir brauchen diese Momente in unserem Leben, um uns weiterzuentwickeln und uns zu bessern«, fahre ich fort und wiederhole dabei mehr oder weniger Mums Worte, als ich ihr über die Turm-Karte erzählt habe, die immer wieder in meinen Lesungen aufgetaucht ist.

»Im ersten Augenblick ist es schlimm, vielleicht sogar für eine ganze Weile danach, aber in ein paar Jahren können wir darauf zurückblicken und stolz auf uns sein, weil wir nun ein besserer Mensch sind.«

»Ach, siehst du, Annabelle, das klingt doch alles gar nicht mehr so schrecklich«, sagt Mrs. Pemberley nun wesentlich beruhigter und schenkt ihrer Tochter ein Lächeln.

Annabelle dagegen sitzt noch immer mit verschränkten Armen mir gegenüber, starrt durch mich hindurch und scheint nur darauf zu warten, dass ich endlich fertig bin. Eigentlich gibt es noch so viel zu sagen, aber Annabelles Verhalten zeigt mir, dass ich besser meine Karten zusammenpacken und gehen sollte.

Gerade will ich zum Stapel meines Decks greifen, als mich Mrs. Pemberleys Stimme innehalten lässt: »Nun, Miss Finchley, was meinen Sie, ist der Auslöser für diesen ... Turm-Moment? Hat das etwas mit Sucht zu tun?«

Sofort ruht auch wieder Annabelles Aufmerksamkeit auf mir. Der Blick ihrer türkisblauen Augen ist noch kälter als zuvor.

»Nein, das glaube ich nicht«, entgegne ich und höre, wie Mrs. Pemberley aufatmet. Noch immer hält mich Annabelles Blick gefangen. Wüsste ich es nicht besser, hätte ich wirklich Angst, dass sie mich gleich mit ihren spitzen Zähnen anfallen wird, wenn ich nicht endlich gehe.

»Aber?«

Oh Gott, warum lässt sie mich nicht einfach gehen und akzeptiert, dass ihre Tochter nicht der süße blonde Engel ist, für den sie Annabelle hält?

Ich atme tief durch und wappne mich für die Reaktionen meiner beiden Kundinnen. Wie hat Granny Sue früher immer gesagt? *Lieber das Heftpflaster schnell abziehen, als es langsam und qualvoll zu entfernen, Schätzchen.*

»Der Teufel in Verbindung mit den sieben Schwertern lässt auf einen Betrug sexueller Natur schließen. Also, dass jemand seinen aktuellen Partner mit einem anderen hintergeht«, presse ich schließlich hervor, während sich ganz unangebrachte Bilder von Annabelle und einem Typen in meinem Kopf breitmachen.

Ugh!

»Ha! Ich habe gar keinen Freund«, ruft Annabelle aus und springt auf. »Siehst du, Mutter? Sie belügt dich doch die ganze Zeit und zieht dir mit so einem Scheiß das Geld aus der Tasche. Und du glaubst ihr noch?«

»Also Annabelle!«, stößt Mrs. Pemberley hervor und blickt zwischen ihrer Tochter und mir hin und her. Das Entsetzen steht ihr ins Gesicht geschrieben und ich bin mir sicher, dass sie unter der Schicht Make-Up und Anti-Aging-Produkten gerade ziemlich blass ist. Ob wegen meiner Vorhersage oder Annabelles Verhalten, weiß ich nicht.

»Das ist eine Bedeutung«, werfe ich ein und gebe mir Mühe, ruhig zu bleiben. »Natürlich können die Karten auch so gedeutet werden, dass man selbst derjenige ist, mit dem ein anderer betrogen wird.«

»Natürlich!«, faucht Annabelle und schüttelt energisch ihren Kopf, wobei ihr helles Haar wie silberblonde Wellen durch die Luft wabert. Dabei stößt sie mit dem Bein gegen den Kaffeetisch und verteilt damit die Karten aus meinem Deck auf dem Boden.

»Leg' sie nochmal!«, verlangt Annabelle und deutet auf das Chaos vor mir. Ich gehorche, weil ich das längst gewohnt bin. So reagieren die meisten Kunden, wenn sie etwas nicht ganz so Gutes vorhergesagt bekommen haben und es einfach nicht glauben wollen. Schnell sammle ich die Karten ein und fahre dabei über die Intarsien der Tischplatte, die allesamt Fische oder andere Meeresbewohner darstellen. Vielleicht ist Annabelle ja mit denen verwandt, so kalt und aalglatt wie sie ist. Und das würde auch die spitzen Zähne erklären …

Konzentrier' dich, Isa!, mahne ich mich und denke an Mum, die im Keller Lucas' Wäsche macht. Sie würde mich umbringen, wenn ich es mir mit den Pemberleys verscherze.

Wieder mische ich die Karten, fächere sie auf und bedeute Annabelle, drei davon zu ziehen. Teufel, sieben Schwerter, der Turm. Dieselben Karten in derselben Reihenfolge.

»Das ist doch ein schlechter Scherz«, stößt sie hervor und macht eine auffordernde Bewegung, als wolle sie alle meine Karten sehen. Glaubt sie etwa, mein Deck wäre gezinkt?

Auch wenn ich weiß, dass das die Energie meines Decks durcheinanderbringen wird, reiche ich ihr die Karten. Nur so kann ich ihr beweisen, dass alle 78 davon vorhanden sind.

»Die Zukunft lügt nie und die Karten kennen die Wahrheit«, wiederhole ich einen Satz, den mir meine Mutter immer wieder eingebläut hat, seitdem ich das Paket mit den Tarotkraten an meinem dreizehnten Geburtstag geöffnet habe.

»Das machst du doch mit Absicht«, ruft Annabelle und schleudert die Karten quer über den Tisch, sodass ich schon fast Angst habe, dass mir eine davon abhandenkommt. Irgendwo unter den teuren Möbeln verschwindet oder unter den Teppich rutscht, an dessen Rand ich sitze.

»Miss Finchley, sind Sie sich sicher?«, fragt Rosalie Pemberley und klingt wieder besorgt. Es kommt nicht oft vor, dass immer wieder dieselben Karten gezogen werden. Meistens sind es andere mit ähnlichen Bedeutungen, aber das hier ist selbst für meinen Geschmack etwas unheimlich. Das schlechte Bauchgefühl, das mich seit dem Aufstehen quält, drängt sich wieder in den Vordergrund. Vielleicht sollte ich das mal untersuchen lassen, nicht, dass ich irgendein Geschwür oder so habe wegen all dem Stress. Das kann ich jetzt, so kurz vor Studienbeginn, wirklich nicht gebrauchen.

Ich nicke zaghaft und werfe wieder einen Blick auf die Karten, die Annabelle vor sich auf den Tisch geworfen hat. Die drei, die sie vorhin gezogen hat, liegen aufgedeckt vor uns, alle anderen liegen mit der Rückseite nach oben da.

»Das kann kein Zufall sein«, murmle ich mit einem Blick auf Mrs. Pemberley, die langsam nickt. Kalte Schauder jagen mir über den Rücken, aber ich versuche, mir nichts anmerken zu lassen. So unausstehlich Annabelle auch ist, ich hoffe trotzdem, dass ihr Turm-Moment nicht allzu schrecklich ausfällt und sie gut darüber hinwegkommt. Trotzdem habe ich das Gefühl, dass sie für ihren Betrug oder was auch immer, nicht so leicht davonkommen wird, wie es die sieben Schwerter auf den ersten Blick vermuten lassen.

»Du glaubst das doch nicht ernsthaft, oder?«, fragt Annabelle ihre Mutter und scheint aus allen Wolken zu fallen.

»Bisher hat sich immer bewahrheitet, was Gloria und ihre Tochter uns erzählt haben. Du solltest auf sie hören, und deine Taten in den nächsten Tagen bedenken«, entgegnet sie und macht Anstalten, meine Karten zusammenzuschieben, um sie mir zu reichen. Ich halte sie davon ab, weil ich nicht möchte, dass die Energien in dem Deck noch weiter durcheinandergeraten. Es wird mich einiges an Zeit kosten, sie von Annabelles Negativität zu reinigen. Bloß gut, dass Mum und ich beim letzten Vollmond einige Smudge-Sticks mit Salbei geschnürt haben. Mit dem Rauch dieser brennenden Kräuterbündel sollte das kein Problem sein.

»Es tut mir leid, aber so ist es nun mal«, sage ich mit einem Blick auf Annabelle, auch wenn ich weiß, dass es die Sache eher schlimmer macht.

»Das wissen wir doch, nicht wahr, Annabelle?«, sagt Mrs. Pemberley mit einem mahnenden Blick auf ihre Tochter.

Annabelle schweigt und verschränkt die Arme vor der Brust, während sie demonstrativ alles in diesem Raum betrachtet, nur mich nicht, als wäre ich ihrer Aufmerksamkeit unwürdig. Soll mir nur recht sein. Schnell sammle ich meine Karten zusammen und wickle sie mit der Schleife ein, damit sie in meiner Tasche nicht auseinanderfallen, und erhebe mich zum Gehen.

»Es tut mir leid, dass meine Mutter nicht mitkommen konnte, Mrs. Pemberley«, sage ich und meine es ernst. Sie hätte die Situation entschärfen und Annabelle etwas erzählen können, was sie gerne hört. Heute wäre es gar nicht mal so dumm gewesen, zu lügen, aber, selbst, wenn ich es gewollt hätte, die Karten hätten mich nicht gelassen. Früher oder später wäre die Wahrheit aus mir herausgeplatzt, ohne dass ich es hätte verhindern können.

Mrs. Pemberley schüttelt den Kopf und schenkt mir ein zaghaftes Lächeln. »Sie ist einfach zu gut und zu gefragt, da kann man nichts machen. Aber mit Ihnen an ihrer Seite, Miss Finchley, hat Gloria die perfekte Verstärkung gefunden.«

Zu meiner eigenen Überraschung drückt sie mir die Schulter und wirkt alles andere als enttäuscht über das Ergebnis unserer heutigen Sitzung. Anscheinend sind ihr Annabelles Missetaten bereits bekannt.

Mrs. Pemberley bringt mich bis zur Tür, die aus dem Wohnzimmer hinaus in den Gang führt, wo bereits der Butler in seinem makellosen Anzug und den gegelten grauen Haaren auf mich wartet. Bei meinem Anblick schürzt er die Lippen und mustert mich fast genauso finster wie Annabelle vorhin. Ob er an der Tür gestanden und gelauscht hat? Annabelles Wutausbruch ist sicher nicht zu überhören gewesen.

»Fenston hat das Geld für Sie und Ihre Mutter. Ich freue mich schon auf unsere nächste Begegnung mit Ihnen, Miss Finchley. Richten Sie Gloria schöne Grüße aus«, verabschiedet sich Mrs. Pemberley, ehe sie mich auf den Gang schiebt und die Tür hinter mir schließt. Gedämpft höre ich ihre Stimme, wie sie auf Annabelle einredet, während der Butler mich zurück zur Haustür führt. Bevor er sie öffnet, reicht er mir einen cremfarbenen Umschlag. Ein goldener Fisch prangt auf der Rückseite.

»Miss Annabelle hat es heute abgezählt«, sagt er mit einem Lächeln, das ich im ersten Moment nicht zuordnen kann. Aber ich bin mir sicher, dass es nichts Gutes zu bedeuten hat.

Weil es mir unangenehm ist, vor meinen Kunden oder deren Angestellten das Geld zu zählen, trete ich hinaus auf die Straße und öffne erst einige Häuser weiter den Umschlag. Darin befindet sich nichts außer ein Stück gefalteter Zeitung, kein Geld, das ich heute mit nach Hause nehmen kann.

»Diese kleine Schlange!«, stoße ich leise zwischen zusammengepressten Zähnen hervor. »Du hast verdient, was auf dich zukommt.«

Dieser Gedanke lässt mich trotz des fehlenden Geldes und der vergeudeten Zeit lächeln. Sämtliche Sympathien, die ich für sie noch übrighatte, verfliegen mit dem aufkommenden Herbstwind.

Ja, Annabelle hat es tatsächlich verdient.

KAPITEL 3

Je weiter ich mich vom Haus der Pemberleys ent-
ferne, umso mehr wird mir bewusst, dass meine
Mutter alles andere als erfreut sein wird, wenn ich
mit einem leeren Umschlag von meinem Auftrag
zurückkehre. Also drehe ich auf halbem Weg zur
U-Bahn-Station um und kehre zu den Pemberleys
zurück, um das einzufordern, was mir rechtmäßig
zusteht. Wieder öffnet mir der Butler und schenkt
mir einen grimmigen Blick, als er mich erkennt.

»Ich muss mit Mrs. Pemberley sprechen«, sage
ich, als er schon Anstalten macht, mir die Tür vor
der Nase zuzuschlagen.

»Mrs. Pemberley ist bereits in der Stadt unterwegs. Sie haben sie gerade verpasst«, sagt er und
macht eine unbestimmte Bewegung in Richtung
der Straße hinter mir.

»Dann mit Annabelle«, verlange ich. »Ich habe
noch etwas vergessen, was sie unbedingt über ihre
Zukunft wissen muss.«

»Sie meinen wohl *Miss Annabelle*«, korrigiert
er mich und sein Blick wird noch finsterer. So wie
er die Augen zusammenkneift, kann er unmöglich
noch etwas sehen. Aber er tritt beiseite und lässt
mich ins Haus, bedeutet mir allerdings mit ge-
rümpfter Nase, im Gang stehen zu bleiben, wäh-

rend er Annabelle holen geht. Im Weggehen höre ich ihn noch etwas murmeln, das in etwa so klingt wie hinterhältiger Scharlatan, aber ich mache mir nichts daraus. Annabelle und der Butler sind nicht die einzigen, die so denken. Ich weiß, dass viele der Leute, mit denen wir zu tun haben, uns für Halsabschneider halten, die ihnen nur Lügen erzählen. Manchmal müssen wir das tun, um überhaupt etwas zu bekommen. Wie oft hat mir meine Mutter schon eingebläut, dass ich nicht immer die Wahrheit sagen soll, vor allem dann nicht, wenn sie nicht gerade rosig aussieht, so wie bei Annabelle heute. Bisher ist das immer recht glimpflich verlaufen, aber heute haben die Pemberleys mich auf dem falschen Fuß erwischt. Mum hätte mir noch eine Tasse Kaffee mitgeben oder besser gleich mitkommen sollen.

»Hin und wieder kannst du auch noch etwas ausschmücken und ein paar gute Dinge hinzufügen, natürlich nur allgemeine Sachen, wie *etwas unerwartet Schönes wird passieren oder sie wird ihre beste Freundin nach einer längeren Zeit wiedersehen* und so weiter und so fort. Du weißt schon was ich meine, Isa«, hat sie mir wieder und wieder gesagt, aber ich sehe nicht ein, die Wahrheit zu verdrehen oder Lügen zu erzählen, wenn es am Ende doch nicht zutrifft. Dann glauben die Leute ja erst recht, dass wir sie anschwindeln.

»Was willst du noch hier?«, blafft Annabelle und reißt mich aus meinen Gedanken. Sie steht mehrere Meter von mir entfernt auf dem Gang und mustert mich von oben bis unten, als wäre ich irgendeine Abscheulichkeit und kein normaler Mensch.

»Ich hab' noch etwas vergessen«, sage ich und ziehe den Umschlag aus meiner Jackentasche hervor. »Mein Geld.«

Annabelle schnaubt pikiert und schüttelt den Kopf. »Für das, was du heute gesagt hast, bekommst du keinen Penny.«

Ich kämpfe gegen den Drang an, meine Augen zu verdrehen, und atme tief durch, um jetzt nichts Falsches zu sagen.

»Du wolltest etwas über die Zukunft wissen und ich habe sie dir vorhergesagt«, sage ich und bemühe mich ruhig zu bleiben. Das fällt mir allerdings sehr schwer, weil Annabelles arrogantes Getue mir ziemlich auf den Senkel geht. Eigentlich bin ich es gewohnt, von verwöhnten Gören umgeben zu sein, die ihr blondiertes hüftlanges Haar schütteln, als wären sie allesamt Pferde, die Fliegen vertreiben wollen. Die Zeit an der Privatschule hat mir die ein oder andere Sache im Umgang mit dieser ganz speziellen Spezies Mensch beigebracht, aber trotzdem nervt es mich, dass Annabelle glaubt, sie wäre besser als ich. Nur weil ihre Eltern mehr Geld haben als wir und ihr Haus mit allerlei fischigem Protz füllen können.

»Für dich immer noch Miss Annabelle«, faucht sie und zeigt ihre spitzen Zähne. Mit dem Typen an ihrer Seite möchte ich nicht tauschen. Ob sie jemanden schon mal aus Versehen beim Küssen gebissen hat? Dieser Gedanke lässt mich lachen, auch wenn Annabelle mir eigentlich keinen Grund dafür gibt.

»Natürlich, Miss Annabelle. Was kann ich für Sie tun, um meinen Lohn zu erhalten?«, frage ich zuckersüß und bin plötzlich froh, kaum mehr als ein paar Schluck Kaffee intus zu haben. Ansonsten hätte ich ihr ganz sicher vor die Füße gekotzt und damit den dunkelroten Perserteppich ruiniert. Da hätte ich es gleich vergessen können, irgendetwas mit nach Hause zu bringen.

»Versuche es noch mal und wir reden über das Geld«, sagt sie schließlich und kommt etwas näher. Es liegt aber noch immer genug Abstand zwischen uns, als wäre ich eine Aussätzige oder so. Sehr gut für das eigene Selbstwertgefühl ... Aber so wie sie mich beobachtet, scheint sie doch neugierig zu sein, ob ich meine Vorhersage für sie ändere, nur weil sie mir das Geld vorenthalten hat.

»Also gut«, stimme ich zu und sie nickt, ehe sie sich umdreht und zurück ins Wohnzimmer geht. Von Mrs. Pemberley ist dort keine Spur mehr zu sehen. Der Butler muss die Wahrheit gesagt haben.

»Aber diesmal mehr Karten«, verlangt Anna-belle, als ich mein Deck aus der Tasche ziehe und mit dem Mischen beginne. Ich nicke. Auch wenn ich weiß, dass es nichts an meiner Vorhersage än-dern wird. Im Gegenteil, ein anderes Legemuster mit mehr Karten wird nur weitere Details über ihr Schicksal an den Tag bringen.

»Wählen bitte fünf Karten«, bitte ich und Ann-abelle deutet auf fünf Karten aus dem aufgefächer-ten Deck. Ich lege sie nacheinander in eine Kreuz-formation, wobei die drei Karten, die wir vorhin schon zweimal aufgedeckt haben, wieder dabei sind. Diesmal allerdings noch zwei weitere, die meine Vorhersage nur unterstützen. Der Teufel in der Mitte, links die sieben Schwerter, rechts davon die neue Karte mit fünf Schwerter. Oben der Turm und unten die Karte der Gerechtigkeit. Wenn das mal nicht eindeutig ist, dann weiß ich auch nicht weiter …

»Das kann doch nicht wahr sein!«, faucht Annabelle, als sie die drei Karten aus meiner vorherigen Lesung wiedererkennt. Ich bin, ehrlich gesagt, genauso überrascht und mittlerweile sehr beunruhigt.

»Damit ist echt nicht zu spaßen, Annabelle«, sage ich und verzichte auf all die Förmlichkeiten. »Ich mache das nicht mit Absicht. Wirklich!«

Irgendetwas in meiner Stimme muss durch all den Hass und ihren Unglauben der Wahrsagerei gegenüber zu Annabelle hindurchgedrungen sein. Sie musterte mich nicht mehr ganz so finster, in ihrem Blick liegt fast so etwas wie Beunruhigung, aber wahrscheinlich bilde ich mir das bloß ein.

»Ja, klar«, entgegnet Annabelle und winkt ab. Die Bewegung hätte locker aussehen sollen, aber ihre Hand zittert dabei leicht. Anscheinend sieht sie mittlerweile ein, dass das hier eine ernste Sache ist. »Und was hat das jetzt zu bedeuten?«

Ich atme tief durch und versuche, die Karten vor mir in einen logischen Kontext zu bringen. Was Teufel, Turm und sieben Schwerter bedeutet, haben wir ja bereits erklärt. Die beiden neuen Karten verstärken meine Vermutungen nur noch, vor allem die Art und Weise, wie sie angeordnet sind.

»Vom Teufel geht alles aus«, beginne ich und rutsche auf meinem Stuhl unruhig hin und her. »Er repräsentiert deine Schattenseite, Triebe, die tief in dir verborgen liegen und nun an die Oberfläche kommen. Mit den sieben Schwertern manifestieren sich diese in einem Betrug oder einer Lüge. Du wirst jemanden hintergehen.«

Annabelle schnaubt und schüttelt den Kopf, bedeutet mir allerdings mit einem Nicken, fortzufahren. Ich deute auf die fünf Schwerter, die direkt gegenüber der anderen Schwerter-Karte liegt und diese so verstärkt. »Durch den Betrug entsteht ein Konflikt oder böses Blut mit jemandem. Die Gerechtigkeitskarte zeigt, dass du für deine Taten gerichtet wirst, was letztlich im Turm-Moment endet und dein gesamtes Leben durcheinanderbringen wird. So wie bisher wird es für dich nicht mehr weitergehen.«

»Und du glaubst, ich spanne einer anderen den Freund aus?«, fragt sie mit einer gehobenen Augenbraue. Ich nicke, auch wenn es nicht so direkt in den Karten steht. Mich lässt diese Vermutung einfach nicht mehr los und frage mich, wie es wohl dem anderen Mädchen gehen wird, sollte sie es herausfinden. Ob sie vielleicht für Annabelles Strafe verantwortlich ist?

»Vielleicht solltest du, was das angeht, ein bisschen vorsichtiger sein in nächster Zeit«, murmele ich, während sich Bilder von Thomas und Annabelle in meinem Kopf breitmachen. Was würde ich tun, wenn ich meinen Freund mit einer anderen erwischen würde? Es läuft im Moment zwar nicht so gut zwischen uns, aber bei einem solchen Vertrauensbruch wäre ich wahrscheinlich trotzdem am Boden zerstört.

Vor meinem inneren Auge blitzen mit Blut besprenkelte Parkettböden auf. Ob das etwas mit Annabelles *Strafe* zu tun hat? Oder spielt mir meine

Fantasie gerade einen Streich? Das ungute Gefühl, das ich seit heute Morgen habe, verstärkt sich dabei allerdings nur.

»Du hast mir gar nichts zu sagen. Nochmal!«, verlangt Annabelle, doch ich schüttele den Kopf.

»Aller guten Dinge sind drei, Miss Annabelle. Mehr kann ich nicht tun.«

Meine Antwort scheint ihr nicht zu gefallen. Annabelle steht abrupt auf und kommt langsam auf mich zu. In ihren türkisblauen Augen liegt ein bedrohliches Funkeln und mit einem Mal habe ich Angst, dass das Blut auf dem Parkettboden vielleicht meins ist.

»Jetzt hör mir mal gut zu, du kleine Betrügerin. Wenn du mir nicht sofort sagst, was die Zukunft wirklich für mich bereithält, dann kannst du dir zukünftige Aufträge von meiner Familie oder unseren Freunden abschminken, hast du mich verstanden?«, faucht Annabelle, die Stimme so scharf, dass ich unweigerlich ein Stück von ihr zurückweiche. Ihre Zähne kommen meiner Kehle dabei gefährlich näher und plötzlich ist mein Scherz von vorhin nicht einmal mehr halb so lustig.

»Ich kann sie noch hundertmal neu für dich legen, aber es wird immer dasselbe dabei herauskommen, Annabelle. Versteh das doch!«, sage ich, wobei ich mir alle Mühe gebe, meine aufkeimende Wut aus meiner Stimme herauszuhalten. Mit den Förmlichkeiten ist es jedenfalls endgültig vorbei.

»Lügnerin!«, ruft sie und reißt mir das Kartendeck aus der Hand, schleudert es mir entgegen und die Karten, die noch aufgedeckt auf dem Tisch liegen, noch dazu.

»Jetzt reicht's aber langsam! Was kann ich denn dafür, wenn du solche Scheiße baust?«, stoße ich schließlich hervor und halte mir im nächsten Moment die Hand vor den Mund, um zu verhindern, dass noch mehr herauskommt.

Die Kerzen, die Mrs. Pemberley heute Morgen angezündet hat und noch immer brennen, stoßen Stichflammen aus und flackern für einen Augenblick in gleißendem Blau, was uns beide zurückweichen lässt. Was zur Hölle ist hier los?

»Du … Du Freak!«, stößt Annabelle hervor und weicht einige Schritte zurück. »Verschwinde!«, fügt sie schnell hinzu und bringt sich hinter dem Sofa in Deckung. Als hätte sie tatsächlich Angst vor mir, als glaube sie, dass ich an allem schuld bin.

»Das erzähle ich meiner Mutter«, ruft sie, während ich bereits meine Karten zusammensammle und mich an ihnen festklammere, um mich nicht doch noch auf sie zu stürzen. Wenn ich es gekonnt hätte, hätte ich ihr am liebsten einen Fluch aufgehalst. Aber ich bin keine Hexe, sondern nur eine alberne Wahrsagerin, die sich von den Reichen und Mächtigen Londons herumschubsen lässt.

»Wenn du mich fragst, hast du es nicht anders verdient!«, presse ich hervor, reiße meine Tasche von der Stuhllehne und stürze hinaus. Das Geld habe ich zwar noch immer nicht bekommen, aber ich bezweifle, dass ich ab sofort irgendetwas anderes als Verachtung und fiese Worte von Annabelle erhalten werde.

Und als wäre das noch nicht genug, beginnt es draußen auch noch zu stürmen, kaum dass ich die Straße betrete. Ich drücke meine Tasche fest an mich, damit meine Karten nicht zerstört werden, bin aber innerhalb weniger Minuten vollkommen durchnässt, und mir ziemlich sicher, dass ich mir auf dem Weg nach Hause eine schlimme Erkältung einfangen werde. Meinen Geburtstag morgen werde ich dann wahrscheinlich im Bett verbringen können. Was für ein Tag!

KAPITEL 4

Die Fahrt mit der U-Bahn zurück nach Hause ist alles andere als angenehm. Ich bin direkt in den Mittagsverkehr hineingeraten und die Bahn ist durch den Regen so vollgestopft, dass man kaum Platz zum Stehen hat. Die Luft ist abgestanden. Sie stinkt nach kaltem Rauch und Schweiß, sodass sich ein Hauch von Panik in mir regt, ich könnte ersticken. Ich hasse die Energien, die im Underground vorherrschen. Alles ist getränkt von Negativität und Dunkelheit, die den unendlich langen Tunneln kaum entkommen können. Oben in der Stadt verflüchtigen sie sich wenigstens einigermaßen schnell, aber hier unten haben sie sich über Jahre angesammelt und erschweren mir das Atmen. Und trotzdem nutze ich die U-Bahn immer wieder, weil es nun mal der einzige Weg ist, um einigermaßen schnell von einem Ende der Stadt zum anderen zu gelangen. Von den Reichen zu den weniger Reichen. Hinzu kommt noch, dass wir Fahrgäste allesamt vollkommen durchnässt sind und die Heizung in unserem Waggon ausgefallen ist. Dementsprechend mies ist auch meine Laune, als ich endlich die smaragdgrüne Eingangstür aufschließe und mich die wohlige Wärme unseres Zuhauses umhüllt.

»Isa? Bist du das?«, ruft meine Mutter von irgendwo weiter oben im Haus zu mir herunter.

Ich gebe ihr keine Antwort, weil ich gerade keine Lust habe, mit ihr zu sprechen. Stattdessen werfe ich meine Tasche auf die Treppe, ziehe meine Schuhe aus und kämpfe gegen das schlechte Gewissen, das sich langsam in mir breit macht.

»Wie ist es gelaufen?«, fragt meine Mutter vom Treppenabsatz keine Minute später und lässt mich zusammenzucken. Sie bewegt sich immer so leise durchs Haus, dass sie einen ständig erschreckt, wie eine viel zu bunt gekleidete Ballerina mit einer Vorliebe für stark riechende Kräuterparfüms. Mir weht gerade eine Wolke Lavendel und Thymian entgegen, die die Gerüche der U-Bahn vollends vertreibt und mich ein bisschen beruhigt. Ein winziges bisschen.

»Scheiße«, fasse ich meinen Besuch bei den Pemberleys zusammen. Dieses eine Wort trifft den Nagel ziemlich genau auf den Kopf. Am liebsten würde ich Annabelle alle Zähne in ihrem Fischmaul ziehen, bevor sie noch einmal jemanden um sein Geld betrügen kann.

»Ach, so schlimm kann es doch gar nicht gewesen sein«, beharrt Mum. Sieht sie denn nicht, dass die letzten Stunden bei den Pemberleys und mein regnerischer Rückweg alles andere als ein Ausflug in den Vergnügungspark gewesen sind?

»Wenn ich es doch sage, Mum. Und bezahlt hat sie mich auch nicht«, stoße ich hervor und reiße mir die völlig durchnässte Jacke vom Leib. Ich schmeiße sie über die Heizung. Leise röchelnd erfüllt sie den Little Big Ben, wie Mum unser Haus nennt, mit einer angenehmen Wärme. Trotzdem fühle ich mich wie ein wandelnder Eiszapfen, der jeden Moment von der Dachrinne abbrechen könnte. Wieder kommen mir die beiden Figuren auf der Turm-Karte in den Sinn, wie sie aus dem brennenden Fenster dem Abgrund entgegenstürzen. Ob das etwas mit meinen Albträumen zu tun hat?

»Dich nicht bezahlt? Das klingt aber so gar nicht nach Rosalie. Was ist denn passiert?«, fragt Mum alarmiert. Sie bemüht sich um ein Lächeln, vermutlich um mich aufzumuntern, aber sie ist ganz eindeutig enttäuscht. Wir hätten das Geld gut gebrauchen können, und es tut mir leid, dass diese falsche Schlange Annabelle mich reingelegt hat. Darüber sprechen möchte ich jetzt wirklich nicht. Ich will nur in mein Zimmer und mir diesen ganzen Mist von der Seele schreiben, bevor ich ruhig genug bin, um meine Tarotkarten von Annabelles negativen Gefühlen zu reinigen.

Weit komme ich damit allerdings nicht. Der strenge Blick meiner Mutter, für den sie sogar ihre knalllila Brille abnimmt, hat uns Kinder schon immer dazu gebracht, ihren Anweisungen zu folgen. Sie hat einfach eine gewisse Autorität, bei der ihr selbst Leute wie Annabelle oder der Butler Respekt erweisen. Manchmal wünsche ich mir, ein bisschen mehr wie sie zu sein …

»Ich kann mir nicht vorstellen, warum Rosalie dich nicht bezahlen sollte.« Mum zieht eine Augenbraue nach oben, als ahnte sie schon, dass mein loses Mundwerk mich in diese Situation gebracht hat.

»Sie war nicht mehr da. Ich habe heute für Annabelle die Karten gelegt«, erkläre ich und für einen kurzen Moment habe ich das Gefühl Verachtung im Gesicht meiner Mutter aufblitzen zu sehen. Sie kann Annabelle auch nicht ausstehen, aber sie lässt es sich nicht anmerken. Bei ihren Kunden ist Mum immer hoch professionell, auch wenn sie die Hälfte von ihnen nicht gerade mag, aus welchen Gründen auch immer. Von Hass würde meine Mum nie sprechen. Sie meint, das wäre ein viel zu negatives Gefühl und niemand hat verdient, so in den Gedanken eines anderen zu leben. Keine Ahnung, was sie damit meint. Das ist mir alles ein bisschen zu abgehoben ...

»Hast du wieder die Wahrheit und nichts als die Wahrheit gesagt?«, fragt sie mit dem Anflug eines Lächelns, weil sie mich einfach zu gut kennt.

Ich zucke mit den Schultern und schüttele schließlich den Kopf.

»Was hätte ich denn sonst tun sollen? Sie anlügen? Mum, die Karten waren heute mehr als eindeutig.«

Auch wenn ich weiß, dass meine Frage die alte Diskussion zwischen uns beiden wieder aufleben lässt, kann ich mich nicht zurückhalten. Ich finde es nicht fair, Leute über ihre Zukunft anzulügen. Sie verdienen die Wahrheit, so sehr sie manchmal auch schmerzt. Selbst Annabelle.

»Eine kleine Notlüge hier und da hat noch nie geschadet, Isa«, tadelt mich Mum, wie immer, wenn ich es nicht fertiggebracht habe, unseren Kunden eine geschönte Version ihrer Zukunft aufzutischen. Mit einem Wink ihrer spitzen roten

Fingernägel bedeutet sie mir, ihr in die Küche zu folgen. Der Geruch nach Kaffee liegt noch immer in der Luft, wenn auch nicht mehr so stark wie heute Morgen. Ich bleibe noch eine Weile im Gang stehen, versuche mich zu beruhigen und von den Geschehnissen der letzten Stunden freizumachen. Es ist nicht gerecht, Mum deswegen anzuschreien, so wie ich es am liebsten getan hätte. Sie kann nichts dafür, dass Annabelle eine falsche Schlange ist. Aber manchmal wünsche ich mir ein bisschen mehr Verständnis für meine Situation von Mum.

Ungefragt schenkt sie mir eine Tasse ein und stellt sie vor mir auf den Tisch ab. Dabei wirft sie mir einen langen Blick zu, als erwarte sie, dass ich ihr endlich alles erzähle. Und weil ich Mums Blick nie lange standhalten kann, tue ich es schließlich und steigere mich nur noch mehr in meine Wut hinein. Draußen beginnt es zu donnern und zu blitzen, was bei uns die Elektrizität immer etwas durchdrehen lässt. Das Licht in der Küche beginnt zu flackern und das Radio springt von alleine an. Das macht es manchmal, vor allem wenn es draußen so stürmt wie jetzt. Mum schaltet es mit einem leisen Fluchen aus, ehe sie sich wieder mir zuwendet.

»Beruhige dich doch, Isa. Mit der Zeit wirst du schon noch lernen, mit den Launen unserer Kunden auszukommen. Das dauert eine Weile, bis man sich ein dickes Fell zugelegt hat. In unserem Beruf ist das einfach notwendig, sonst halten uns die Leute alle für Schwindler. Es schadet also wirklich nicht, hin und wieder auch ein paar positive Dinge einzubauen, selbst wenn du sie nicht unbedingt in den Karten siehst«, wiederholt sie ihre Worte, die ich immer dann zu hören bekomme, wenn ich von einem nicht ganz erfolgreichen Auftrag zurückkomme.

„Aber das habe ich doch, Mum", entgegne ich und erzähle ihr von der Turm-Karte, aber das scheint ihr zu wenig zu sein.

Ich schließe die Augen und versuche, mich zu beruhigen, aber das schlechte Gefühl bleibt. Irgendetwas ist im Gange, und das trägt kein bisschen dazu bei, dass ich zur Ruhe komme. Im Gegenteil. Ich kann mich nicht mehr länger zügeln. Die letzten Monate über habe ich ihr nur selten widersprochen, aus Angst, dass sich das auf Mums Gesundheit auswirkt. Seitdem sie ihre Aufträge zurückgeschraubt hat, versuche ich dieser Konfrontation aus dem Weg zu gehen. Ihretwegen. Doch so kurz vor Studienbeginn muss ich ihr und Dad begreiflich machen, dass ich so nicht länger weitermachen kann. Es mag sein, dass sie das Kartenlesen liebt und keine Probleme hat, die Kunden anzulügen, damit das Geld hinterher stimmt. Aber so will ich nicht leben. Es ist ihr Traum, nicht meiner, und das müssen sie und Dad endlich verstehen.

»Mum, ich will das nicht hören!«, stoße ich schließlich hervor, während meine Mutter mir wieder und wieder predigt, wie ich am besten mit den Kunden umzugehen habe. So langsam habe ich das Kartenlegen und den ganzen Hokuspokus, den ich für die High-Society veranstalten soll, satt. Je öfter ich versuche, ihr oder meinem Vater das klarzumachen, umso mehr treibt es einen Keil zwischen uns.

»Aber, Isa, du musst doch lernen, wie du mit unseren Kunden sprichst. Sonst kannst du deine Karriere gleich vergessen«, beharrt meine Mutter und schüttelt den Kopf.

Diesmal kann ich es nicht verhindern, dass ich mit den Augen rolle.

»Welche Karriere denn? Ich will das doch gar nicht machen!«

Wie oft muss ich es wiederholen, bis es meine Eltern es tatsächlich verstehen?

»Aber wieso denn nicht? Es ist das, was unsere Familie schon seit Generationen macht. Wir arbeiten für das Institut«, entgegnet meine Mutter und wirkt, als wäre sie aus allen Wolken gefallen. Als hätte ich jetzt zum ersten Mal gesagt, dass das Kartenlegen und Wahrsagen nicht das ist, was ich für den Rest meines Lebens tun möchte. Ob sie einfach vergessen hat, dass wir dieses Gespräch schon häufiger geführt haben?

»Aber ich will doch nicht für das Institut arbeiten! Ich weiß doch noch nicht einmal, was dieses Institut überhaupt ist. Ihr macht ja alle so ein Geheimnis daraus, dass ich mir langsam Sorgen mache, ob es nicht irgendeine verschrobene Sekte ist oder so«, sage ich, wobei meine Sorgen um meine Familienmitglieder langsam wieder hochkommen. Was, wenn es tatsächlich irgendeine Geheimorganisation ist, die Gehirnwäsche betreibt? Noch nie hat mein Vater über seine Tätigkeit bei diesem Institut gesprochen. Ich weiß wirklich nur, dass er Professor für irgendetwas Ultrageheimes ist. Mein Bruder ist mittlerweile in seine Fußstapfen getreten und hilft ihm jetzt als Assistent, bei was auch immer Dad den lieben langen Tag tut. Was meine Mutter mit ihrer Wahrsagerei und dem Institut zu schaffen hat, weiß ich nicht, aber auch sie scheint dort irgendwie mit involviert zu sein. Doch je mehr ich nachfrage, was dieses Institut denn nun wirklich ist, umso ominöser werden die Antworten.

»Du weißt doch, dass sie erst mit dir darüber reden können, wenn du dich wirklich dafür entschieden hast«, entgegnet Mum. Ihrer Stimme ist anzuhören, dass sie langsam die Geduld mit mir verliert. Eine ziemliche Leistung, wenn man bedenkt, was für eine Nervensäge Mike sein kann.

»Und genau deswegen will ich es nicht machen. Ich will Bücher schreiben und Literatur studieren, Mum. Ich weiß nicht, wie oft ich euch das schon gesagt habe, aber ich glaube nicht, dass ich das bei dem Institut wirklich machen kann. Ich will schreiben, Mum, nicht Bücher wälzen wie Lucas und Dad. Und das Kartenlegen war eine temporäre Notlösung, bis ich auf die Uni gehen kann und ihr euch nicht mehr um mich kümmern braucht.« Ich denke an diesen Morgen zurück, wie mein Vater und Lucas über ihre Bücher gebeugt gesessen haben, ohne dass sie irgendetwas um sie herum mitbekommen hätten. Ich kann mir einfach nicht vorstellen, dass ich mit einer Stelle im Institut glücklich werde und das tun kann, was ich wirklich tun möchte. Geschichten erzählen.

Institut …

Das klingt wie ein Unternehmen, das Zahlen, Daten und Fakten sammelt und kein Quäntchen Fantasie in seinen Mitarbeitern duldet. Aber wären dann Mum und Dad dort nicht fehl am Platz? Sie mit ihrer Wahrsagerei und Dad mit diesem ganzen paranormalen oder okkulten Zeug, mit dem er sich beschäftigt? Herr Gott, ich weiß wirklich nicht mehr, was ich denken soll!

Während Mum mich noch immer anblickt, als hätte ich nicht mehr alle Tassen im Schrank, trinke ich meinen Kaffee in einem Zug leer und knalle die Tasse auf den Tisch. Ich will nur noch in mein Zimmer, um endlich meine Ruhe zu haben. Mum hat allerdings andere Pläne für mich.

»Aber, Isa, sei doch vernünftig!«, ruft meine Mutter und ringt die Hände.

Ich kann da bloß den Kopf schütteln. Als ob Wahrsagerei ein vernünftigerer Beruf wäre, als Autorin zu sein!

So wie das im Moment mit den Kunden aussieht, die mir allesamt entweder gar nichts oder zu wenig bezahlen wollen, kann ich mir nicht vorstellen, davon irgendwann einmal leben zu können. Selbst dann nicht, wenn ich hunderte Kunden wie die Pemberleys hätte, die mich so gut wie jeden Tag zu sich rufen. Es wird immer eine Annabelle geben, die mich verarscht und dann hochkant aus ihren Designerunterkünften rausschmeißt, weil sie nicht das zu hören bekommen hat, was sie sich vorgestellt hat.

»Keine Diskussion mehr«, sage ich, weil ich es nicht länger in der Küche aushalte. Ich springe von meinem Stuhl auf, noch bevor meine Mutter mich zurückrufen kann.

Auch wenn ich mein Leben lang diese unendlichen Treppen bis zu meinem Stockwerk hinaufgerannt bin, bin ich dennoch völlig außer Atem, als ich die Tür zu meinem Zimmer hinter mir zuwerfe. Ein deutliches Signal, dass mich jeder hier im Haus in Ruhe lassen soll. Bisher hat das bei Mum immer geholfen, zumindest so lange, bis sie den nächsten Auftrag für mich an Land gezogen hat.

KAPITEL 5

Angenehme Stille umfängt mich in meinem Zimmer, sodass ich zum ersten Mal, seitdem ich es heute Morgen verlassen habe, tief Luft holen kann und mich langsam beruhige. Ich schäle mich aus den klatschnassen Klamotten und ziehe mir etwas Gemütlicheres an. Stille und Jogginghosen haben bei mir noch immer alles wieder ins Lot gebracht. Jetzt fehlen nur noch eine kuschelige Decke und ein gutes Buch, dann ist alles wieder okay.

Lange hält dieses Gefühl der Ruhe allerdings nicht. Schon kurze Zeit später höre ich das Handy im Inneren meiner Tasche vibrieren. Ich nehme es heraus, um es auf stumm zu schalten, als mir ein bekanntes Gesicht vom Display entgegenblickt.

»Thomas«, begrüße ich ihn und seufze. »Was willst du?«

»Woah, was für eine tolle Begrüßung. Ich hab' dich auch lieb, Babe«, entgegnet er und lacht, als wäre nichts passiert.

Ich schließe die Augen und atme tief durch, um gegen die Erinnerungen anzukämpfen, die mir beim Klang seiner Stimme in den Kopf steigen. Erinnerungen an unser letztes Gespräch, aber auch an die Zeit, die wir miteinander verbracht haben. Hier in meinem Zimmer, wenn das Haus wider Erwarten einmal nur uns gehört hat.

»Ich meine es ernst, Thomas. Haben wir nicht ausgemacht, eine Weile nachzudenken und uns heute Abend nochmal zusammenzusetzen? Ich bin mit den Gedanken gerade woanders …«

Es ist sein Vorschlag gewesen, Abstand zu nehmen, um herauszufinden, ob wir überhaupt noch zusammenpassen. In weniger als drei Wochen wird er für sein Studium in die Staaten ziehen, während ich in Oxford mein Literaturstudium aufnehmen werde. Vorausgesetzt Mum und Dad lassen mich nicht vom Institut entführen. Bis dahin müssen wir uns entscheiden, ob es mit uns weiter geht oder es für uns beide das Beste ist, wenn wir uns trennen.

»Ich weiß, aber ich vermisse dich, Babe. Du bist meine beste Freundin, Isa. Mit dir kann ich über alles reden«, murmelt er, wird dabei immer leiser, bis seine Stimme bricht.

Ich sauge tief die Luft ein, als sich mein Bauchgefühl nur noch mehr verschlechtert. Es fühlt sich fast so an wie damals, als man mir meinen Blinddarm hat entfernen müssen.

»Was ist los?«, presse ich hervor und bin mir nicht sicher, was er mir gleich erzählen wird. Wird er mich bitten, mit ihm zu gehen? Oder hat er seine Entscheidung längst getroffen und will es beenden.

»Grams ist im Krankenhaus.« Es ist kaum mehr als ein Flüstern, aber es reicht aus, um alles zu vergessen, was heute passiert ist.

»Was? Was ist passiert?«, frage ich und kann das Entsetzen kaum aus meiner Stimme halten. Ich habe Elizabeth, Thomas' einzige Großmutter, im letzten Winter kennengelernt. Sie ist eine wirklich wunderbare Frau und Thomas' Gabe, immer den richtigen Rat parat zu haben, hat er sicher von ihr geerbt.

»Sie ist gestürzt und hat sich irgendwas gebrochen. Mum und Dad sind gerade auf Geschäftsreise, also muss ich zu ihr fahren und mich um sie kümmern«, erzählt Thomas und gerät mehrmals ins Stocken.

Meine Bauchschmerzen werden stärker. Hoffentlich geht es Elizabeth gut.

»Natürlich. Sie sollte nicht allein im Krankenhaus sein«, stimme ich ihm zu, auch wenn ich weiß, was das bedeutet.

»Eigentlich wollten wir heute über uns sprechen … aber ich muss sofort los, Isa. Ich wäre so gerne bei deiner Geburtstagsfeier dabei gewesen, aber Grams braucht mich jetzt«, sagt Thomas.

»Kein Problem, wir können das verschieben. Familie ist jetzt einfach wichtiger«, stimme ich ihm zu, auch wenn ich wenigstens diesen Aspekt meines Lebens so schnell wie möglich regeln möchte.

»Danke, dass du das verstehst.« Thomas wirkt plötzlich erleichtert, als hätte er befürchtet, ich würde ihn davon abhalten, seine verletzte Großmutter zu besuchen. »Was macht denn deine Familie? Hast du die Oxford-Bombe schon platzen lassen?«

Ich seufze und schüttle den Kopf, während ich nach den richtigen Worten suche.

»Egal, was ich sage, sie wollen es einfach nicht hören. Als hätten sie auf Durchzug geschaltet. Argh! Ich hasse das!«, knurre ich, was Thomas ein

Lachen entlockt. Selbst nach den drei Jahren, die wir erst miteinander befreundet und dann zusammen gewesen sind, bekomme ich jedes Mal aufs Neue Gänsehaut deswegen.

»Hey, mach dir keine Sorgen. Sie werden sich schon daran gewöhnen. Ich bin mir sicher, dass sie am Ende nur wollen, dass du glücklich bist. Und wenn das eben das Studium ist, dann werden sie das schon akzeptieren. Sprich einfach nochmal mit ihnen und versuche ruhig zu bleiben«, rät Thomas, was meine Wut nun auf ihn richtet.

»Ich bin verdammt nochmal ruhig!«, fauche ich und bin drauf und dran aufzulegen.

»Ja, natürlich. Aber manchmal reagierst du ein bisschen über. Gib Gloria und John einfach ein bisschen Zeit, um sich an den Gedanken zu gewöhnen, dass du jetzt deine eigenen Entscheidungen triffst«, entgegnet Thomas und schafft es nun doch, mich zu beruhigen. Er hat so etwas an sich, das mich auffängt, wenn ich gerade wieder auf emotionalen Höhenflügen unterwegs bin oder im Chaos meiner Gedanken und Gefühle unterzugehen drohe.

»Du solltest echt Psychologe werden, anstatt Architektur zu studieren«, murmle ich und frage mich, wo all seine Lebensweisheit herkommt.

»Nee, das ist mir zu viel. In meiner Freizeit ein paar Ratschläge geben, ist okay, aber mir ständig die Ohren volllabern zu lassen, ist nicht so meines.« Thomas seufzt und räuspert sich. »Du, Isa, ich muss jetzt los. Mein Zug geht in einer Stunde und ich bin noch immer nicht mit Packen fertig.«

»Ja, sorry, ich wollte dich nicht aufhalten. Du hast schon genug eigene Probleme, da brauche ich nicht auch noch meine auf dich abzuwerfen. Komm' gut an und sag Elizabeth schöne Grüße von mir.« Eigentlich hätte ich gerne noch länger mit ihm gesprochen. Thomas hat recht, er ist mein bester Freund, und ich habe ihn die letzte Woche über wirklich sehr vermisst.

»Ich ruf' dich um Punkt zwölf an, versprochen!«, versichert er mir, ehe er auflegt und mich noch verwirrter als zuvor zurücklässt. Eigentlich habe ich meine Entscheidung, was unsere Beziehung angeht, bereits getroffen. Vielleicht hätten wir nie mehr als beste Freunde sein sollen, aber diese schrecklichen Bauchschmerzen ändern meine Sicht ein wenig. Fast so als würde mir mein Magen raten, Thomas fest bei mir zu behalten und ihn nicht loszulassen.

Langsam stoße ich den Atem aus und drehe mich auf meinem Bürostuhl, bis mir schwindelig wird. So habe ich mein Bauchgefühl schon öfter losbekommen. Ich sollte mich einfach davon ablenken und mich auf den Abend vorbereiten. Mum und Dad müssen mir heute zuhören. In ein paar Stunden beginnt schließlich mein Geburtstag.

Aus einem Stapel aus Blöcken und losen Blättern ziehe ich mein Notizbuch hervor und öffne es, um mir selbst etwas Mut zuzusprechen. Es mag Leute geben, die sich das mit einem Spiegel ins Gesicht sagen, aber ich finde das ein bisschen merkwürdig, mit mir selbst zu sprechen. Außerdem habe ich mich schon immer besser beim Schreiben als beim Sprechen ausdrücken können. Es hilft mir, meine Gedanken zu ordnen.

Wieder reißt mich mein vibrierendes Handy aus meiner Konzentration. Warum habe ich das verdammte Ding nicht einfach ausgeschaltet? Die Antwort ist einfach: weil ich auf eine Nachricht von Thomas warte. Ich bin mir sicher, dass er es mich wissen lassen wird, wenn sich etwas an Elizabeths Zustand ändert.

Schnell ziehe ich das Handy unter dem Deckel meines Notizbuches hervor. Eine Nachricht von einer unbekannten Nummer erscheint auf dem Display. Als ich sie öffne, kann ich meine Überraschung nicht verbergen. Sie ist von Annabelle:

Meine Mutter hat mir deine Nummer gegeben. Ich wollte mich für heute Morgen entschuldigen, und dich fragen, ob du später zu meiner Geburtstagsparty kommen magst. Dann können wir nochmal über alles reden.

Ich runzle die Stirn und schüttle den Kopf. Als ob sie so plötzlich ihre Meinung geändert hat. Oder hat sie mit Mrs. Pemberley über die Ereignisse des Morgens gesprochen? Vielleicht hat Annabelles Mutter ihr endlich beigebracht, dass man so nicht mit seinen Angestellten umgehen sollte. Hätte nicht gedacht, dass sie das so schnell in ihren Dickschädel bekommt. Wahrscheinlich ist das nur die Vorbereitung für eine zweite Runde, aber nicht mit mir, Fischmaul! Ich habe heute schon etwas anderes vor. Es ist schließlich auch mein Geburtstag, zwar erst ab Mitternacht, aber bei unserer Familie ist es Tradition in den Geburtstag hineinzufeiern. Nur deswegen ist Lucas überhaupt in der Stadt. Sonst wäre er irgendwo auf einem Stützpunkt des Instituts oder wie auch immer man das nennt.

Schon seit Wochen arbeitet er für seinen neuen Arbeitgeber an einem ultrageheimen Geheimprojekt. Offenbar hat er nicht einmal Zeit seine eigene Wäsche zu machen, wo wir uns doch geschworen haben, Mum so wenig Arbeit wie möglich zu bereiten …

Ob sie auch bei ihm Gehirnwäsche betreiben? In letzter Zeit hat sich Lucas ziemlich verändert. Früher ist er draufgängerisch und abenteuerlustig gewesen, aber als ich ihn gestern gefragt habe, ob er mit mir und Mike ein paar unserer reichen Ex-Mitschüler ärgern will, hat er bloß den Kopf geschüttelt und sich wieder über sein Buch gebeugt. Es sieht Lucas gar nicht ähnlich, plötzlich zum Musterschüler zu mutieren. Vor seiner Zeit beim Institut, hat er keine Gelegenheit ausgelassen, um sich in Schwierigkeiten zu bringen. Aber ich freue mich trotzdem auf den Abend zusammen mit meiner Familie, ganz gleich, was heute Morgen vorgefallen ist. Ein Geburtstag muss immer ausgiebig gefeiert werden. Das ist eine der Finchley-Regeln, die bisher noch nie gebrochen worden sind.

»Isa?«, höre ich meine Mutter von jenseits der Tür. Noch bevor ich antworten und sie wegschicken kann, öffnet sie diese und tritt ungefragt in mein Zimmer ein. Das ist neu. Sonst lässt sie mir eigentlich immer Zeit, mich abzuregen.

»Wir müssen wirklich darüber sprechen, was du in Zukunft für diese Familie beitragen kannst. Das Institut bietet dir eine gesicherte Arbeitsstelle. Du brauchst dir um nichts mehr Sorgen zu machen«, fängt sie schon wieder an, was mich allmählich zur

Weißglut treibt. Ich versuche wirklich, Thomas'
Rat zu beherzigen, aber langsam reicht es mir.

»Ich will das nicht. Wie oft muss ich das noch
sagen? Und überhaupt: Ich habe schon einen Studienplatz bekommen. Mit Stipendium«, sage ich.
So müssen sie sich wenigstens um nichts kümmern, zumindest solange ich meine guten Noten
aufrechterhalten kann.

»Aber Isa, das wird dir doch nichts bringen. Jeder geht in letzter Zeit studieren, aber die wenigs-
ten der Absolventen bekommen überhaupt eine
gescheite Stelle. Und dann eine so unterbezahlte
...«, entgegnet Mum und schüttelt den Kopf. Am
liebsten hätte ich sie hochkant aus meinem Zimmer geschmissen, aber ich weiß, dass ich es mir
mit ihr besser nicht verscherzen sollte. Sie ist meine Mutter. Und noch immer ziemlich instabil, was
ihre mentale Gesundheit angeht. Trotzdem muss
ich sie und Dad davon überzeugen, dass das, was
sie für mich wollen, nicht das ist, was ich mit meinem Leben anfangen will.

»Was ist denn hier los?«, fragt mein Vater und
tritt hinter meiner Mutter durch die Tür. Er über-
ragt Mum um ein ganzes Stück und muss sich du-
cken, als er hereinkommt. Dad wirkt mehr wie ein
viel zu groß geratener Teddybär als jemand, der einem ernsthaft gefährlich werden könnte. »Bei dem
Lärm kann man sich überhaupt nicht mehr auf die
Arbeit konzentrieren.«

Da ist es wieder, die Arbeit. Das Institut. Die
endlosen Forschungen, die Reisen, die ihn an Orte
geführt haben, über die er nie mit uns gesprochen
hat. Jedes Mal, wenn er aufgebrochen ist, hat sich

eine schreckliche Furcht bei mir eingenistet: dass er nicht mehr zurückkommen wird. So wie Grandpa Theodore, der einfach irgendwo in Sibirien verschwunden ist, als Dad gerade sein Studium abgeschlossen hat. Auch er ist im Dienst des Instituts unterwegs gewesen und seitdem nie wieder gesehen worden, hat mir Mum nach langem Fragen und Betteln endlich erzählt. Irgendwann, da bin ich mir sicher, wird das auch Dad passieren. Und Lucas vielleicht auch. Ein weiterer Grund, meine angeblich gesicherte Arbeitsstelle beim Institut nicht anzutreten.

»Isa hat es noch immer nicht eingesehen«, klärt Mum ihn auf und verschränkt trotzig die Arme vor der Brust. Der finstere Blick, der mich in diesem Moment von ihr trifft, schmerzt mich sehr. Normalerweise sind wir beide ein Herz und eine Seele, es sei denn, ich habe wieder irgendwas zusammen mit Mike ausgeheckt, aber diese Zeiten sind längst vorbei. Ich bin erwachsen geworden.

»Lass mich das machen, Gloria«, flüstert Dad meiner Mutter zu. Sie zieht sich langsam und nur äußerst widerwillig in den Gang zurück, schließt die Tür jedoch nicht hinter sich.

Dad kommt auf mich zu und hockt sich schließlich neben mich, packt den Bürostuhl, auf dem ich mich noch immer hin und herdrehe, und hält ihn fest. So bin ich gezwungen, ihm in die Augen zu sehen. Enttäuschung spiegelt sich darin, aber auch etwas anderes, das ich nicht zuordnen kann.

»Isa, wir haben doch schon so oft darüber gesprochen. Ein Literaturstudium oder eine Karriere als Autorin wird dir lange Zeit kein Geld einbringen. Wovon wirst du leben?«, fragt Dad ganz sachlich, so wie ich es von ihm gewohnt bin.

Ich zucke mit den Schultern, weil ich das nicht wirklich weiß. Natürlich kann ich immer kellnern gehen, vielleicht auch weiterhin für die High-Society wahrsagen oder irgendetwas anderes tun, bloß nicht für dieses dämliche Institut arbeiten.

»Ein Job beim Institut würde deine Zukunft sichern. Sie werden dich nicht kündigen, sie werden in dich investieren«, sagt Dad mit solcher Überzeugung, dass diese ganze Gehirnwäschetheorie immer plausibler wird. Es ist nicht das erste Mal, dass er mir von der Zukunft erzählt, die mir das ach so tolle Institut bieten kann. Schon seit ich klein bin, versucht er, mich in die Fänge dieser Organisation zu bekommen, ohne mir jemals zu erzählen, was sie wirklich tun.Kein Wunder, dass ich ihm und seiner Arbeit gegenüber so misstrauisch bin. Genau auf diese Fragen hätte ich Antworten gebraucht, um tatsächlich eine Entscheidung für oder gegen das Institut zu treffen. Doch alles, was ich auf meine Fragen bekomme, ist betretendes Schweigen oder irgendwelche komischen Ausreden.

»Ich will das nicht mehr hören. Es ist mir egal, was das Institut macht. Das ist nicht das, was ich will. Versteht das doch endlich! Es ist meine Zukunft, nicht eure«, entgegne ich und schiebe meinen Vater auf die Tür zu. »Und jetzt will ich allein sein.«

Er macht Anstalten zu protestieren, aber er sieht mir an, dass das nicht viel bringen wird. Im Gegenteil. Das würde alles nur noch schlimmer machen.

Also nickt er langsam und zieht sich geschlagen zurück. Mum scheint das aber ganz und gar nicht zu gefallen. Selbst durch die geschlossene Tür höre ich, wie sie auf ihn einredet, versucht, ihn zurück in mein Zimmer zu bringen, um mich von ihrer idealen Zukunft für mich zu überzeugen. Aber dieser Zug ist schon lange abgefahren. Da hätten sie mich mal eher in die Praktiken des Instituts einführen müssen.

Noch immer brodelt die Wut in mir. Sie hat mich keine Sekunde verlassen, seitdem ich von den Pemberleys nach Hause gekommen bin. Erst ist es wegen Annabelle gewesen, aber jetzt wegen meinen Eltern und weil sie einfach nicht einsehen wollen, dass ich nicht wie sie bin. Vielleicht wird es Zeit ihnen zu zeigen, wie ernst es mir mit meinem Entschluss ist. Vielleicht sollte ich die erste Finchley-Regel brechen.

Ich ziehe das Handy aus meiner Tasche hervor und antworte Annabelle, um herauszufinden wann diese Geburtstagsparty stattfinden soll. Vielleicht kann ich so auch die Geschäftsbeziehungen zwischen unseren beiden Müttern retten. So erspare ich mir zumindest ein bisschen des Zorns meiner Mutter, sobald sie herausfindet, dass Annabelle wirklich überhaupt nicht gut auf mich zu sprechen ist. Mir sogar gedroht hat, dafür zu sorgen, Mums halben Kundenstamm von weiteren Aufträgen abzuhalten. Es wird Zeit, dass ich endlich etwas für mich selbst tue und nicht für diese Familie. Dass ich endlich wegkomme. Weg vom Einfluss des Instituts und den abgehobenen Zukunftsvorstellungen meiner Eltern.

Die letzte Party, bei der ich gewesen bin, liegt auch schon eine Weile zurück, noch bevor Mum ihre Auftragszahl verringert hat. Danach hat sie mich einfach zu sehr in ihr Unternehmen eingespannt. Es wird Zeit, dass ich mir einen Abend freinehme, und nicht ständig irgendwelche Legemuster für Karten oder Techniken für das Vorhersagen der Zukunft lerne.

KAPITEL 6

Den Rest des Nachmittags bis zu Annabelles Party, verbringe ich damit, alle meine Notizen durchzulesen, die ich über die Jahre hinweg über das Institut gesammelt habe. Der Großteil davon besteht aus Fragen, auf die ich nie Antworten erhalten habe. Schon so oft habe ich versucht, dieser Sache auf den Grund zu gehen. Und jetzt muss ich mehr denn je wissen, was es damit auf sich hat. Nur so kann ich meinen Eltern weitere Argumente in dieser endlosen Diskussion entgegenbringen und sie hoffentlich von meinen Zukunftsplänen überzeugen. Dieses ungute Gefühl von heute Morgen lässt mich dabei nicht mehr los, sodass ich mich kaum auf meine Notizen konzentrieren kann. Meistens hilft es mir in solchen Chaosmomenten, Tagebuch zu schreiben. So kann ich herausfinden, was ich tief in meinem Inneren vielleicht schon weiß, mir aber noch nicht eingestehen kann. Nur so lässt sich meine Intuition hervorlocken, aber heute funktioniert auch das nicht. Ich bin einfach noch immer viel zu wütend und selbst die gemütliche Atmosphäre meines Zimmers mit all den Bücherregalen und kuscheligen Sesseln macht es nicht besser.

Gegen Abend schließe ich mich im Bad ein und mache mich für die Party fertig. Als ich in mein

Zimmer zurückkehre, sitzt Lucas auf meinem Fenstersitz, von dem aus man ein Stück unseres Stadtteils überblicken kann.

»Für uns hättest du dich nicht so schick machen müssen«, sagt er, als er mich sieht, und schüttelt den Kopf. »So aufgestylt siehst du ja fast schon aus wie die Mädels von der Schule.«

Ich lächle, denn genau das ist mein Ziel gewesen. Heute Abend möchte ich nicht die Außenseiterin sein und auffallen. Ich will mich einfach gehen lassen und Spaß haben, Teil dieser Menge werden, in der ich mich sonst immer vollkommen allein fühle. Das kurze schwarze Kleid, das ich mir vor gefühlten Ewigkeiten bei einer spontanen Shoppingtour mit ein paar Mädchen aus der Schule gekauft habe, muss doch auch mal zum Einsatz kommen. Sonst habe ich das gesamte Taschengeld damals umsonst verbraten, nur um nicht wieder als das Loserkind aus der Mittelschicht dazustehen, wo alle anderen doch in ähnlich großen und prachtvollen Häusern wohnen wie Annabelle Pemberley.

»Das ist nicht für euch. Ich hab' noch was vor«, entgegne ich schroff, weil ich mich noch immer nicht ganz beruhigt habe. Je mehr Zeit verstreicht, je öfter ich mit meinen Eltern über dieses Thema diskutiere, umso schwieriger ist es, wieder von meiner Wut loszukommen.

»Aber Isa, was ist mit der Finchley-Regel?«, fragt Lucas völlig entgeistert, als hätte ich ihm gerade eröffnet, dass ich auf den Mond ziehen möchte. Ich verdrehe die Augen und platziere mich vor dem riesigen Wandspiegel, den Mum vor ein paar Jahren von einem Flohmarkt mitgebracht hat.

74

»Es gibt so einige Regeln, die in letzter Zeit gebrochen werden. Zum Beispiel, dass man sich mit
anderen über Erfolge freuen oder niemanden zu
etwas zwingen sollte, wenn er das nicht mag«, entgegne ich, während ich meine Haare zurechtstrei-
che.

»Mensch, Isa, sie wollen doch nur das Beste für
dich. Mache es ihnen nicht so schwer«, entgegnet
Lucas.

Warte mal, was?

Abrupt drehe ich mich um und hätte auf den
dünnen Absätzen meiner Stiefel fast den halt verloren. Gerade Lucas müsste doch verstehen, was in
mir vorgeht. Vor ein paar Jahren ist es ihm ganz
ähnlich ergangen, bis er schließlich klein beigege-
ben hat und in den Dienst des Instituts getreten ist,
anstatt Parapsychologie oder was weiß ich für ko-
misches Zeug an der Universität zu studieren.

»Aber wenn es nun nicht das Beste für mich
ist?«, frage ich und meine Stimme bricht. Mittlerweile bin ich mir gar nicht mehr sicher, was ich
denken soll. Klar, das Literaturstudium und alles,
was danach kommt, wird nicht einfach werden,
vor allem nicht, wenn ich das Stipendium behalten möchte. Aber ich werde es schaffen. Ich kann
es schaffen. Davon bin ich überzeugt. Wieso sehen
meine Eltern das denn nicht?

»Gib ihnen doch einfach eine Chance, Isa«, sagt
Lucas, aber ich habe unseren Eltern schon hunderte davon gegeben, mir endlich zu erzählen, was genau ich für dieses Institut tun würde, sollte ich den
Job wirklich annehmen. Alles, was ich aus ihnen
herausbekommen habe, ist weiteres Schweigen.

»Du verstehst es einfach nicht. Du hast damals aufgegeben und hast dich Pas Willen gebeugt. Aber nicht mit mir!«, entgegne ich mit viel zu lauter Stimme und verlasse mein Zimmer, bevor noch etwas passiert.

Lucas ist der einzige in unserer Familie, der mich ernsthaft umstimmen könnte. Wir beide sind als Kinder durch dick und dünn gegangen. Er war immer für mich da und hat mir geholfen, wenn die anderen Kinder mich mal wieder als Freak beschimpft haben. Sagen wir es mal so, früher hat sich meine besondere Gabe, nicht nur in Bauchschmerzen geäußert. Eine ganze Zeit lang haben Ärzte vermutet, dass ich unter epileptischen Anfällen leide und gleichzeitig den Verstand verliere, aber irgendwann hat sich das verwachsen. Auch wieder so ein Begriff von Mum. Trotzdem ist es früher nur allzu oft vorgekommen, dass ich mein Schließfach völlig zerstört vorgefunden habe oder mit schleimigem Kantinenessen übergossen worden bin. Für jedes einzelne Mal, das Lucas mir zur Rettung gekommen ist, bin ich ihm unendlich dankbar, aber das wird mich auch nicht umstimmen können.

Viel zu früh verlasse ich das Haus und mache mich auf den Weg zurück zu den Pemberleys, wo Annabelles Party stattfinden soll. Seit Monaten habe ich mich auf diesen einen Abend gefreut, weil ich gewusst habe, dass ich Lucas endlich wiedersehen würde und ein paar Tage mit meiner gesamten Familie verbringen könnte. Ohne Gerede vom Institut. Und jetzt ist selbst das von dieser verdammten Gehirnwäschesekte zerstört worden. Wäre ich nicht mitten auf der Straße gewesen, hätte ich am liebsten einen frustrierten Schrei losgelassen, um meiner Wut etwas Luft zu machen, aber so trage ich sie weiter in die Nacht hinaus.

Das Vibrieren meines Handys in der Jackentasche lässt mich innehalten. Eine Nachricht von Thomas erscheint auf dem Display.

Bin gerade angekommen. Hat sich schlimmer angehört, als es ist. Mach dir keine Sorgen und genieß' den Abend!

Ich schnaube und schüttle den Kopf. Natürlich mache ich mir Sorgen, nicht unbedingt um seine Großmutter. Elizabeth scheint hart im Nehmen zu sein. Nein, ich sorge mich eher um meine Zukunft und meine Familie. Ich will nicht, dass meine Entscheidung zum Bruch führt, dass ich sie für immer hinter mir lassen muss. Sie alle sind immer für mich da gewesen, selbst Dad, auch wenn er oft in der Weltgeschichte unterwegs gewesen ist. Ein Leben ohne sie kann ich mir einfach nicht vorstellen, aber im Moment scheint alles darauf hinauszulaufen …

Tränen vermischen sich mit dem Regenwasser, das mir über das Gesicht läuft. Es schüttet noch immer in Strömen, während Donner laut von den Backsteingebäuden um mich herum widerhallt. Diesmal bin ich allerdings vorbereitet, habe sowohl Regenjacke als auch einen Schirm dabei, die mich auf dem Weg zu Annabelles Haus einigermaßen trocken halten. So sehr es mir auch weh tut, meine Familie hinter mir zu lassen und sie nicht auf meiner Seite zu wissen, freue ich mich trotzdem auf den Abend. Einfach mal abschalten, nicht mehr an die Zukunft denken zu müssen, sondern an das Hier und Jetzt, wird mir guttun. Und ein paar meiner Ex-Klassenkameraden, die einigermaßen erträglich gewesen sind, wiederzusehen, ist auch nicht schlecht. Vielleicht kann ich so den ganzen Streit mit meinen Eltern zumindest für ein paar Stunden vergessen. Das würde mir schon reichen, um mich zu beruhigen. Wer weiß, vielleicht hilft es ihnen, endlich meine Sichtweise zu verstehen.

KAPITEL 7

Als ich bei den Pemberleys ankomme, ist Annabelles Party bereits im vollen Gange. Eigentlich
habe ich gedacht, dass ich zu früh komme, aber
Annabelle muss mir einfach die falsche Uhrzeit
geschrieben haben. Passiert ja schnell mal.
Die Tür zum Haus steht offen, sodass theoretisch
jeder hätte hereinkommen können. Na, ob das
so gut ist, bei all dem Prunk, den die Pemberleys
in ihrem Haus angesammelt haben? Wobei … In
dieser Gegend treiben sich kaum zwielichtige Gestalten herum. Gerade diese Straßen gelten als besonders sicher, schließlich befinden sie sich ganz
in der Nähe der Downing Street. Ich glaube kaum,
dass einer der anderen reichen Bewohner dieser
Gegend Besitztümer der Pemberleys stehlen würde.

Mein Bauchgefühl hat sich kaum beruhigt. Im
Gegenteil, auf dem Weg hierher ist es sogar noch
schlimmer geworden, aber draußen im Regen will
ich nicht länger als nötig stehen. Also laufe ich den
weißen Kiesweg entlang zum Eingang, trete in die
Wärme des Hauses und reiße mir beim Anblick
der teuren Mäntel an der Garderobe schnell meine
billige quietschgelbe Regenjacke vom Leib. Heute
will ich mich anpassen und wie sie sein, auch wenn

ich tief im Inneren weiß, dass uns mein Leben lang ganze Welten trennen werden.

Unter den Feiernden, von denen einige schon ziemlich angetrunken sind, suche ich nach Annabelle, um ihr zu gratulieren. Ich kann sie jedoch nirgends finden. Eigentlich wollte ich ihr sagen, dass mir die Sache am Vormittag echt leidtut, obwohl das nicht wirklich stimmt. Ich finde immer noch, dass ich im Recht bin, aber ich muss es tun, um die Geschäftsbeziehung zwischen unseren Müttern nicht zu zerstören.

»Isa? Was machst du denn hier?«, brüllt plötzlich eine vertraute Stimme über den Lärm der Lautsprecherboxen, die so gar nicht in das prunkvolle Haus der Pemberleys passen. Suchend drehe ich mich um und erkenne schon bald in der Menge eines der Mädchen, die ich trotz reicher Eltern zu meinen Freundinnen zähle.

»Hey Mary! Annabelle hat mich eingeladen«, sage ich, woraufhin Mary verwundert eine Augenbraue in die Höhe zieht. Sie glaubt mir nicht, ich glaube es ja selbst kaum, aber ich bin hier, auch wenn ich noch immer das Gefühl habe, dass heute Nacht irgendetwas passieren wird.

»Hast du sie gesehen?«, frage ich Mary, die einen großen Schluck aus ihrem Becher nimmt, ehe sie ihn mir hinhält. Ohne zu zögern, stürze ich dessen Inhalt herunter. Es schmeckt bitter und vernebelt sofort meine Sinne, aber heute ist mir alles egal. Manchmal muss man einfach leben.

Normalerweise trinke ich nicht. Mum sagt immer, dass es unser drittes Auge beim Sehen behindert. Aber mein drittes Auge hat mich ja gerade erst in diesen Schlamassel gebracht. Also, scheiß‘ drauf!

»Sie ist noch nicht aufgetaucht. Vielleicht ist sie ja noch oben in ihrem Zimmer, um das perfekte Outfit zu finden. Du kennst sie ja …«, entgegnet Mary mit einem Schulterzucken. Sie zieht mich auf einen Tisch zu, wo noch mehr Becher mit irgendwelchen nicht identifizierbaren Flüssigkeiten stehen.

»Isa? Du hier?«, ruft eine weitere mir bekannte Stimme hinter mir. Lily, ebenfalls eine gute Freundin aus nicht ganz so reichem Hause, taucht hinter uns auf und schließt Mary und mich in ihre Arme. Weil sie so groß ist, sieht Lilys Kleid mehr aus wie ein T-Shirt. Die Jungs werden sie ganz sicher den gesamten Abend lang anstarren, weil es weit mehr preisgibt, als es verdeckt. Kein Vergleich zu unserer alten Schuluniform … Diese Zeiten sind allerdings vorbei.

»Ja, ich weiß auch nicht so recht«, sage ich leichthin. War es am Ende doch keine so gute Idee, den Abend mit meiner Familie sausen zu lassen und hierher zu kommen?

»Was steht ihr denn hier noch so rum? Lasst uns tanzen!«, ruft Mary entschieden und zieht uns in den Raum, in dem die Musik am lautesten ist. Ich erkenne viele Mitschüler unter den Feiernden, aber auch einige, die mir nicht bekannt sind. Vermutlich Leute, die zusammen mit Annabelle auf die Schule gegangen sind. Sie alle wiegen sich im Takt hin und her, schwitzen und feiern, verbreiten gute Laune, die den letzten Rest Wut aus mir entweichen lässt. Ich lasse los, und gebe mich wie all die anderen dem Rhythmus der Musik hin. Für einen Moment kann ich abschalten und meinen Streit mit Mum, Dad und jetzt auch noch Lucas vergessen.

Aber irgendetwas stimmt nicht. Etwas liegt in der Luft, sodass mir das Atmen immer schwerer fällt, fast so wie in den U-Bahn-Tunneln. Die Musik ist auf einmal zu laut, der Raum zu eng und viel zu warm wegen all der Leute, die sich hier drin dicht an dicht drängen, um das Leben zu feiern. Ich klopfe Mary auf die Schulter und rufe ihr eine Entschuldigung zu, ehe ich aus dem Raum stolpere. Vielleicht hätte ich den Inhalt von Marys Becher nicht einfach so herunterstürzen sollen.

Taumelnd dränge ich mich durch die Menge und muss mich an der Wand abstützen, um nicht zusammenzubrechen. Was ist denn bloß los? Hat mir jemand etwas ins Getränk gekippt?

Ich hangele mich an den Wänden entlang, bis ich ein Zimmer erreiche, in dem ich vollkommen allein bin. Mittlerweile habe ich mich so weit von der Tanzfläche entfernt, dass nur noch ein dumpfes Wummern zu hören ist. Hin und wieder ertönen laute Rufe, aber ansonsten ist es schön ruhig hier. Erschöpft lasse ich mich auf einen Stuhl fallen und schließe die Augen. Ich versuche tief durchzuatmen, aber irgendetwas schneidet mir die Luft ab. Es ist, als hätte man mich in ein Korsett gesteckt und es viel zu eng zusammengeschnürt.

Was ist hier los? Was passiert hier?

Bevor ich eine Antwort finden kann, sacke ich endgültig in mich zusammen. Alles dreht sich um mich herum, wieder und wieder gleiten Türen und

Bücherregale an mir vorbei, als säße ich auf einem Drehstuhl und könnte nicht mehr anhalten. Mir ist so entsetzlich schlecht, dass ich befürchte, gleich den teuren Teppich zu meinen Füßen ruinieren zu müssen. Das schlechte Bauchgefühl hat mittlerweile so stark zugenommen, dass es mich wie eine zweite Haut einhüllt und meinen ganzen Körper zum Zittern bringt.

Das kann nichts Gutes bedeuten.

KAPITEL 8

Es dauert eine ganze Weile, bis ich mich wieder so weit beruhigt habe, dass sich nicht mehr alles um mich herum dreht. Trotzdem ist meine Sicht so verschwommen, dass jegliche Orientierung unmöglich ist. Mir ist noch immer speiübel, aber wenigstens habe ich nicht mehr den Drang, zu kotzen. Zumindest im Moment nicht. Was zur Hölle ist mit mir los?

Ich schließe die Augen, drücke sie fest zusammen und öffne sie wieder, in der Hoffnung, klar sehen zu können. Die verwischten Umrisse von Regalen tauchen vor mir auf, ein breiter Schreibtisch vor einem Fenster, durch das das grelle Licht einer Straßenlaterne ins Zimmer dringt. Es blendet mich, auch wenn der Rest des Zimmers im Dunkeln liegt.

Mein Kopf dröhnt, als hätte ich zu lange neben den Lautsprechern gestanden. Ob sich Mum nach einer ihrer Vorhersagen so fühlt? Wer weiß, vielleicht habe ich ihre stetige Verwirrung ja geerbt und allmählich kommt sie durch …

Nur langsam merke ich, dass ich diesen Raum kenne. Es ist das Arbeitszimmer von Mr. Pemberley, in dem Mum und ich auf das Drängen seiner Frau hin seine Zukunft vorhergesagt haben.

Anders als seine Tochter, hat Mr. Pemberley sein Schicksal akzeptiert und meine Mutter hat dieses Mal sogar keine Halbwahrheiten oder kleine Notlügen hinzugefügt, nur um ihn zufriedenzustellen. Von dieser Sitzung weiß ich, dass das Arbeitszimmer in eine geräumige Bibliothek führt. Schon damals bin ich von diesem kleinen Schatz aus Tinte und Papier angezogen worden. Im Gegensatz zu den meisten anderen hier auf der Party schätze ich diese Anhäufung von Wissen, die die Familie Pemberley hinter den hohen Flügeltüren zusammengetragen hat. Damals habe ich es mir genauer anschauen wollen, aber das hätte man mir sowieso nicht erlaubt. Und ich habe mich auch nicht getraut, Mr. Pemberley danach zu fragen. Er ist ein vielbeschäftigter Mann und will sicherlich nicht seine Zeit damit verschwenden, ein wildfremdes Mädchen, durch die Sammlung seiner antiken Bücher zu führen.

Aber jetzt ist niemand hier. Keiner kann mich aufhalten. Ich kann mir alles in Ruhe anschauen, weil die anderen Gäste zu sehr mit der Party beschäftigt sind, die hier im Arbeitszimmer kaum zu hören ist.

Langsam richte ich mich auf und kämpfe erneut gegen ein Schwindelgefühl an, das mir beinahe den Boden unter den Füßen wegzieht. Es dauert einen Moment, bis ich mich gefasst habe und endlich auf die große Flügeltür zutreten kann, hinter der sich all diese Bücher befinden. Ich kann die alten Seiten und die langsam verblassende Tinte schon förmlich riechen, je näher ich der Türklinke komme. Doch dann erstarre ich, denn knapp einen Meter von der Tür entfernt höre ich plötzlich Annabelles gedämpfte Stimme dahinter. Noch ein Grund mehr, die Bibliothek zu betreten. Dann kann ich mich endlich bei ihr entschuldigen.

Entschlossen drücke ich die goldene Klinke herunter und trete in die Bibliothek. Ich höre Annabelle am anderen Ende des Raumes lachen und merke gleich, dass sie nicht allein ist. Dass ich sie gerade bei etwas sehr Intimem störe. Erst will ich mich umdrehen und die Bibliothek leise verlassen, in der Hoffnung, dass sie mich nicht bemerken. Im Bruchteil einer Sekunde ändert sich das allerdings, als ich sehe, wer der Typ in ihren Armen ist. Das Gesicht würde ich unter Hunderttausenden wiedererkennen, sein Lachen verfolgt mich oft bis in den Schlaf.

»Thomas?«, frage ich erschrocken und lasse die Türklinke los. Laut schnalzend springt sie nach oben und erschreckt die beiden, die am anderen Ende der Bibliothek gegen die Wand gelehnt stehen und sich abrupt voneinander lösen. Nun, nicht ganz. Nur ihre Münder.

»Wie schön, dass du es geschafft hast, zu meiner Party zu kommen, Isa«, begrüßt mich Annabelle mit einem zuckersüßen Lächeln. Ich bin ihr in die Falle gegangen. Sie hat das von Anfang an geplant. Das war der Betrug. Sie wollte mich für meine Vorhersage bezahlen lassen, jetzt steht sie hier mit meinem Freund in ihren Armen, der offenbar den Blick nicht von ihr lassen kann. Und ich habe ihr auch noch die Idee dazu geliefert.

»Thomas? Solltest du nicht bei deiner Oma sein? Ich glaube, du bist mir eine Erklärung schuldig«, fordere ich, während die Wut wieder in mir wächst. Zuerst nur eine zarte Flamme, dann plötzlich ein lodernder Waldbrand, der jede einzelne Faser in meinem Körper versengt, stärker noch als jemals zuvor. Das Abbild des brennenden Turms aus Annabelles Vorhersage kommt mir wieder in den Sinn und fühle ich mich wie der letzte Depp, weil ich das hier nicht gleich in den Karten gesehen habe.

»Ähm … ja?«, stammelt Thomas, was meine Wut nur noch mehr steigert.

Bis ins Unermessliche.

Wie aus dem Nichts zerbricht etwas in mir. Etwas, das mich mein Leben lang zurückgehalten hat. Ein triumphales Gefühl rauscht durch meine Adern, fast so wie heute Morgen, als ich für Annabelle die Karten gelegt habe. Aber da sind es nicht meine eigenen Emotionen gewesen, aber jetzt … Jetzt fühle ich mich so frei wie schon lange nicht mehr. Frei und mächtig. Mächtiger, als ein einzelner Mensch sein sollte.

KAPITEL 9

Dieses mächtige Gefühl breitet sich weiter in mir aus, dringt bis in mein tiefstes Inneres hervor und umhüllt mich schließlich wie ein wärmender Mantel. Ein Strudel aus heißer Energie baut sich um mich herum auf und springt schließlich als schneidender Windhauch aus mir hervor, reißt Annabelle dabei von Thomas weg und schleudert sie gegen die Wand, die von uns allen am weitesten entfernt ist.

Was zur Hölle ist denn jetzt los?

Erschrocken blicke ich mich um, glaube für einen Moment, mir das bloß eingebildet zu haben. Etwas in meinem Inneren ruft mir jedoch zu, dass ich auf diesen Augenblick mein ganzes Leben gewartet hätte. Dass ich gewusst hätte, welche Kräfte in mir schlummern.

Das Licht der Kronleuchter an den Decken flackert, mächtiger Wind rauscht plötzlich um uns herum, obwohl alle Fenster geschlossen sind. Bücher fallen reihenweise aus den deckenhohen Regalen, segeln durch den Raum und zerfallen mitten im Flug in Stücke, sodass vergilbte Buchseiten wie welkes Laub durch den Raum fliegen. Die Luft ist erfüllt vom Reißen der Seiten und dem Aufprall der Bücher auf dem Boden, aber auch von Thomas' und Annabelles erschrockenen Schreien. Ich ignoriere beides, spüre die Wut in mir und um mich herum, die scheinbar der Verursacher all dieser Phänomene ist. Es zerreißt mir mein Herz, Thomas mit Annabelle zu sehen. Selbst jetzt, wie er auf sie zustürzt und ihr dabei hilft, aufzustehen. Dieser Anblick macht mich krank. Eigentlich sollte er mich doch vor Gören wie Annabelle beschützen. Hat er mir das nicht versprochen, als wir uns kennengelernt haben? Oder ist das auch bloß eine Lüge gewesen, so wie der Unfall seiner Großmutter?

Ich strecke meine Hand aus, um ihn davon abzuhalten, Annabelle aufzuhelfen. Auch Thomas wird plötzlich von einem Windhauch eingehüllt und durch den Raum geschleudert, als wöge er kaum mehr als ein Flusskiesel.

Ich sollte von dieser Macht entsetzt sein, sie irgendwie aufhalten, aber der Großteil meiner selbst fühlt sich so unglaublich stark und genießt diese Situation in vollen Zügen. Nur eine leise Stimme in mir fleht mich an, aufzuhören. Aber selbst, wenn ich gewusst hätte wie, die Wut in mir ist viel zu verheerend.

Fenster werden aufgestoßen, klirrend zerspringen die Scheiben, sodass kalte Nachtluft und Regen in die Bibliothek treiben und ein ganzer Schwall zerrissener Buchseiten nach draußen fliegt. Das dumpfe Wummern der Party ist kaum mehr zu hören, weil der Wind in der Bibliothek alles übertönt. Er reißt an meinem Kleid, an meinen Haaren und zerstört schließlich die Hochsteckfrisur, an der ich fast eine Stunde gesessen habe. Aber das ist mir egal. Alles ist in diesem Moment egal. Alles, bis auf Annabelle, die etwas in mir zerstört, aber gleichzeitig auch etwas Neues geschaffen hat: eine neue Isa. Eine stärkere Version von mir. Etwas, das mir eigentlich Angst hätte machen sollen, was ich in diesem Moment aber nur in vollen Zügen genießen will. Es fühlt sich gut an, wenigstens einmal diejenige zu sein, die die Oberhand in dieser Situation hat.

Ich bin Annabelles Strafe, erkenne ich. Ihr Turm-Moment, die Gerechtigkeit. Ich bin diejenige, die sie leiden lassen wird für all das, was sie mir, aber auch vielen anderen Menschen in ihrem Leben angetan hat. Annabelle hat selbst an unserer Schule einen gewissen Ruf, was das angeht, und es wird Zeit, dass jemand es ihr heimzahlt. Mein Leben lang habe ich geschwiegen und Leute wie Annabelle ertragen, aber jetzt, in diesem Moment, bin ich stärker als die Masse, die mich sonst immer auf den Boden gedrückt hat. Jetzt sind es Annabelle und Thomas, die auf dem Boden kauern und um Gnade flehen, wie all die ärmeren Schüler, die Außenseiter, über die sie sich die Jahre über lustig gemacht hat. Jetzt sieht sie endlich, wie sich das anfühlt. Aber während es uns Freaks, Nerds und Streber stärker gemacht hat, sind die beiden schwach und voller Angst, weil sie nie gelernt haben, nach einer solchen Niederlage wieder aufzustehen und weiterzumachen.

Hinter mir werden Schritte laut, das Parkett knarzt unter mehreren Paar Schuhen und übertönt damit für einen Moment das Getöse in der Bibliothek. Aus dem Augenwinkel sehe ich, wie die ersten Partygäste hereinstürmen, um Annabelle aufzuhelfen. Sie taumelt auf das Arbeitszimmer zu, die Augen weit aufgerissen, scheint gar nicht zu begreifen, was gerade passiert. Blut tropft ihr aus einer Platzwunde am Kopf direkt auf die abgewetzten Dielenbretter, die ich heute Morgen vor meinem inneren Auge gesehen habe.

Ein Lächeln schleicht sich bei diesem Anblick auf meine dunkelroten Lippen. Jetzt verstehe ich auch, wieso Leute wie Annabelle ihre Macht bis aufs letzte bisschen ausnutzen. Ich verspüre denselben Kick wie sie. Es ist wie eine Droge, von der ich nicht genug bekommen kann.

»Was ist los?«

»Gott, Annabelle! Bist du verletzt?«

»Es ist der Freak«, höre ich ihre Stimmen über das Heulen des Windes hinweg rufen. Die Wut in meinem Inneren steigert sich zu ungeahnten Höhen, macht alles nur noch schlimmer, macht die neue Isa in mir nur noch stärker.

Wieder hebe ich eine Hand, meine linke Hand, wodurch die Partygäste und Annabelle aus der Bibliothek geschoben werden, als stünden sie auf einem viel zu schnellen Laufband. Immer weiter hinein ins Arbeitszimmer, bis die ersten gegen die Möbel knallen und stöhnend das Gesicht verziehen.

»Hör auf damit!« ruft jemand.

»Was tust du denn da, Isa?«, ertönt nun auch Marys Stimme, aber das ist mir egal.

Jetzt bin ich es, die zuckersüß lächelt, so wie Annabelle noch vor wenigen Minuten. Ich winke den Partygästen zu, bevor ich mit einer schnellen Handbewegung die Tür vor ihrer Nase zuknallen lasse, ganz ohne die Klinke zu berühren.

Nun bin ich allein mit Thomas. Mit ihm und Tausenden zerstörter Bücher. Und einer Macht, von der ich nicht geahnt habe, dass ich sie besitze, geschweige denn wie ich sie einsetzen kann. Aber wie so oft hilft mir meine Intuition dabei, sie zu kontrollieren. Sie für meine Zwecke zu nutzen und ein für alle Mal zu zeigen, dass mit mir nicht zu spaßen ist. Ich mag ein Freak sein, das Chaos in der Bibliothek und Annabelles Platzwunde sind der beste Beweis, aber ich bin ein Freak mit ganz besonderen Fähigkeiten. Einen, den man besser nicht provozieren sollte, so wie es Annabelle und Thomas getan haben.

KAPITEL 10

»Also, Thomas, wo waren wir?«, frage ich, nachdem ich die Partygäste und Annabelle losgeworden bin.

Thomas kauert noch immer dort, wo ich ihn vorhin gegen die Wand geschleudert habe. Er starrt mich an, als wäre gerade sein größter Albtraum wahr geworden. Seine Augen sind vor Angst weit aufgerissen. Tränen rinnen seine Wangen hinab. Tränen, die eigentlich mir zustehen, schließlich ist er es gewesen, der mich mit Annabelle betrogen und mich schamlos angelogen hat. Auch wenn uns mehr als zehn Meter trennen, kann ich seine Angst förmlich riechen. Der Wind um mich herum trägt sie zu mir, aber davon lasse ich mich nicht beirren. Ich bin nicht mehr ich selbst. Völlig außer Kontrolle. Unberechenbar, aber mir gefällt das Gefühl, so mächtig zu sein, während das letzte bisschen meines Gewissens mich anschreit, aufzuhören. Die Wut in meinem Inneren gibt mir die Kraft, es zu ignorieren.

Der Ausdruck des Schreckens auf Thomas' Gesicht ist unbezahlbar. Ich brauche nur die Hand zu heben, ganz leicht, als würde ich ihm zuwinken, um ihn mit dieser übernatürlichen Kraft, gegen die nächste Wand zu drücken und es ihm unmöglich zu machen, mir zu entkommen. Nicht dass er es weit geschafft hätte ...

»Es tut mir leid, Isa. Lass mich runter. Bitte, bitte tu mir nichts!«, fleht er wieder und wieder, aber mir bedeuten diese Worte nichts. Er sagt das nur, damit ich ihn verschone. Damit ich nicht sein hübsches Gesicht zerstöre, auf das er so stolz ist. Aber die Zeit für Gnade ist längst verstrichen.

Es ist nicht das erste Mal, dass ich Thomas verdächtige, mich zu betrügen. Immer wieder hört man an der Schule Gerüchte über die Mädchen, die er neben mir abgeschleppt hat. Bisher habe ich es ihm nicht beweisen können, bis jetzt. Annabelles kleine Falle hat sich doch recht ausgezahlt, allerdings nicht für sie selbst. Wenigstens weiß ich jetzt, dass das wimmernde Häufchen Elend vor mir an der Wand es nicht wert ist, ein weiteres Jahr meines Lebens mit ihm zu verschwenden. Nicht einmal mehr als Freunde.

Langsam gehe ich auf ihn zu, wobei der Sturm um mich herum eine Schneise durch die zerstörten Bücher formt. Der Gestank von Thomas' Angst wird immer stärker, umgibt mich wie eine dunkle Wolke, und wirbelt durch die Bibliothek, wie der Duft frisch gebackenen Kuchens am Sonntag, wenn ich die Küche bei uns zu Hause betrete. Nur weniger lecker.

Der neuen Isa in mir gefällt es, Thomas so ängstlich zu sehen. Immer wieder versucht er meinem unsichtbaren Griff zu entgehen, sich gegen mich zu wehren, aber das macht es nur schlimmer. Ich weiß nicht, wie ich ihn da an der Wand gefangen halte, was ich tun müsste, um ihn loszulassen, wenn ich es denn gewollt hätte. Wenn mein Gewissen nur etwas stärker gewesen wäre. Aber der neuen Isa ist das egal. Wichtig ist nur, ihm begreiflich zu machen, dass er mit mir nicht spielen kann, wie mit all den anderen Mädchen zuvor. Ich bin nicht so wie diese verwöhnten Gören. Ich bin nicht so berechnend oder lasse alles mit mir machen, nur um für ein paar Wochen das beliebteste Mädchen der Schule zu sein. Das alles bedeutet mir nichts. Ich dachte, er wäre mein bester Freund. Wie habe ich mich nur so in ihm täuschen können?

»Bitte, Isa, ich flehe dich an. Tu mir nichts. Bitte, ich mach' auch alles, was du willst«, beteuert Thomas und schafft es irgendwie beide Hände zu heben und sie vor der Brust zu falten. Stünde ihm seine Todesangst nicht ins Gesicht geschrieben, hätte er glatt ein Engel sein können. Das dunkelblonde Haar, das vom Wind zerzaust sein Gesicht einrahmt, das markante Kinn und die blauen Augen, die mich immer so angestrahlt haben, als wäre ich die einzige auf der Welt für ihn. Und ich habe ihm geglaubt trotz der Gerüchte über ihn. Eine Träne löst sich aus meinem Augenwinkel, rinnt mir eiskalt die Wange herab und tropft auf den Boden vor mir.

„Isa, es tut mir leid!", wimmert Thomas, der dem Lauf der Träne mit den Augen gefolgt ist. Jegliches Strahlen ist daraus verschwunden, stattdessen sind sie erfüllt mit derselben Angst, die mir noch immer als beißender Gestank von ihm aus entgegenschlägt.

„Lügner", flüstere ich und steige über einen umgekippten Beistelltisch. Meine Schritte hallen wie

Donner von den Wänden wider und lassen Thomas unter meinem unsichtbaren Griff zusammenzucken.

Ein Gefühl der Ekstase breitet sich in mir aus, als ich ihn so außer sich vor mir an der Wand hängen sehe. Auch wenn er noch immer versucht sich zu wehren, mir und meiner Macht zu entkommen. Aber das wird er nicht. Und wenn er sich tausendmal entschuldigt.

Mein Lächeln wird breiter, und ich bin mir sicher, dass ich in diesem Moment aussehe wie ein gestörter Psychopath aus irgendeinem Horrorfilm. Wie dramatisch!

»Isa, tu' das nicht«, fleht er erneut, als ich kaum zwei Meter von ihm entfernt zum Stehen komme.

Ganz langsam hebe ich meine Hand, nicht um ihm wehzutun, sondern einfach, um ihn noch mehr zu erschrecken. Und es scheint zu funktionieren, keine Sekunde später hört man über das Rauschen des Windes um uns herum ein leises Plätschern. Mein Blick richtet sich von seinem erschrockenen Gesicht auf seine Hose, die sich im flackernden Schein der Kronleuchter langsam dunkler färbt. Ich kann ein Lachen nicht mehr unterdrücken. Erst ist es leise, fast wie das Glucksen einer Henne, bis es schließlich laut aus mir hervorbricht und das ganze Haus zum Beben bringt. Niemals hätte ich gedacht, dass Thomas wegen mir so Angst haben könnte. Dass ich zu solchen Taten in der Lage wäre. Und nun stehen wir hier inmitten der zerstörten Bibliothek, während meine Macht ihn weiterhin gefangen hält ...

KAPITEL 11

»Weißt du was, Thomas? Du bist ein richtiges Arschloch. Warum hab' ich das nicht schon früher gemerkt? Ehrlich gesagt, hast du es gar nicht verdient. Du bist es einfach nicht wert«, stoße ich hervor, meine Stimme merkwürdig verzerrt und fremd, und verringere den Abstand zwischen uns noch mehr.

Mein Herz rast in meiner Brust und irgendetwas schreit mir zu, aufzuhören, bevor es zu spät ist, aber eine andere Isa, eine Isa, die jahrelang unterdrückt gewesen ist, hat längst die Überhand über mich gewonnen. Sie ist diejenige, die meine Hand lenkt, bis sie auf der Höhe von Thomas Kehle ist. Langsam biegen sich meine Finger zu einer Faust, drücken Thomas den Atem ab, ohne ihn auch nur zu berühren. Röchelnd versucht er nach Luft zu schnappen, aber es will ihm nicht gelingen. Die unsichtbare Macht, die noch immer von meiner Hand ausgeht hindert ihn daran. Es ist faszinierend zu spüren, wie jegliches bisschen Leben aus ihm entweicht. Wie sein Herz immer langsamer schlägt und sein Blick leerer wird.

Doch bevor ich noch irgendetwas Schlimmeres mit ihm anstellen kann, fliegt die Tür zum Arbeitszimmer auf und knallt gegen die leeren Bücherregale. Erschrocken lasse ich von Thomas ab, der sofort gierig die Luft einsaugt und auf den Boden gleitet. Ich fahre zur Tür herum und erkenne Lucas, der mich mit weit aufgerissenen Augen anstarrt. Sein Entsetzen umgibt ihn wie eine Nebelwolke und breitet sich langsam in der Bibliothek aus, ähnlich wie Thomas' Angst vorhin. Es dauert allerdings keine Minute, bis sich Lucas wieder gefasst hat. Vorsichtig hebt er beide Hände, wie um mir damit zu signalisieren, dass er mit friedlichen Absichten kommt. Er wirkt völlig ruhig, was mich ziemlich überrascht. Sollte er nicht entsetzt sein über diese Kräfte, so wie ich tief in meinem Inneren? Sollte ich nicht entsetzt darüber sein, was ich gerade mit Thomas und diesem einst wunderschönen Raum angerichtet habe?

All diese kostbaren Bücher …

Mein Blick fällt wieder auf Thomas, der mittlerweile bewusstlos zu meinen Füßen liegt. Vermutlich ist all die Aufregung in den letzten Minuten zu viel für ihn gewesen. Es ist vielleicht auch besser so. Wer weiß, was ich sonst noch mit ihm angestellt hätte?

»Isa, hör mir gut zu. Du muss tief durchatmen, hörst du mich?«, fragt Lucas, der offenbar völlig allein im Arbeitszimmer ist. Weder von Annabelle noch von Mary und den anderen Gästen ist etwas zu sehen. Lucas muss sie weggeschickt haben. Oder sie sind vor dem geflohen, was aus mir geworden ist.

Ich rühre mich nicht vom Fleck, sondern starre weiterhin zwischen Thomas und Lucas hin und her. Wieso ist er so ruhig? Thomas hat sich wegen mir in die Hose gemacht, aber Lucas steht einfach nur da, unbeweglich wie ein Felsen in dem Getöse, das noch immer durch die Bibliothek wirbelt. Warum weicht er nicht vor mir zurück oder beschimpft mich wie ein paar der Gäste?

»Ich weiß, dass das für dich total überraschend kommt, aber du kannst es kontrollieren, Isa. Hör einfach nur auf meine Stimme und atme ganz tief durch«, weist Lucas mich an und macht einen Schritt auf mich zu.

Sofort erhebt sich der Wind um mich herum wieder und lässt Buchseiten wie ein Wirbelsturm durch die Luft tanzen, um mich vor meinem Bruder abzuschirmen. Lucas hält inne, hebt wieder die Hände, um mir zu signalisieren, dass er mir nichts tun wird. Dann macht er einen weiteren Schritt auf mich zu und noch einen, bis er sich gegen den Wind stemmen muss, der ihm die sonst so ordentlich gescheitelten Haare zerzaust und an seinen Kleidern zerrt, als wolle er ihn wie die Bücher zuvor zerreißen. Ich bin mir nicht sicher, ob ich Thomas wirklich getötet hätte, wäre Lucas nicht dazwischen gegangen, aber meinen Bruder will ich nicht verletzen. Er hat mir nicht die ganze Zeit etwas vorgelogen und so getan, als wäre alles in bester Ordnung gewesen.

Also versuche ich Lucas' Anweisungen zu folgen, die er mir mit ruhiger Stimme gibt. Seine Worte scheinen mit dem Heulen des Windes zu verschmelzen und doch verstehe ich genau, was er zu mir sagt, als wäre er in meinem Kopf. Doch der Wind und der Strudel aus dieser seltsamen Energie will nicht nachlassen. Noch ist ein Teil von mir nicht bereit, diese Macht wieder aufzugeben. Noch will ich diesen Moment auskosten. Ich bin Herrin über diese Situation. Ich allein. Niemand kann mir etwas antun. Ich habe diese Zerstörung angerichtet. Ein bisschen bin ich sogar stolz darauf, schließlich hat es Annabelle nicht anders verdient.

»Isa, das bist nicht du! Beruhige dich, bevor du noch irgendetwas machst, was du morgen bereuen wirst«, ruft Lucas über das Rauschen hinweg. Diesmal liegt sein Blick nicht auf mir, sondern auf dem reglosen Thomas, dem plötzlich ein leises Wimmern entfährt. Also ist er wieder zu sich gekommen.

Ich will etwas sagen, aber kein Laut kommt mir über die Lippen. Stattdessen hebt sich meine Hand wie von Zauberei und bewegt sich in einer wegwerfenden Geste auf Lucas zu, so wie vorhin bei Annabelle und Thomas, kurz bevor ich sie gegen die Wände geschleudert habe. Zu meiner eigenen Überraschung und vielleicht sogar auch zu Lucas' passiert nichts. Er bleibt weiter standhaft und lehnt sich gegen den Wirbelsturm, der mich noch immer einhüllt wie ein unsichtbares Kleid. In seiner Hand hält er eine Kette, die die Kraft, die mich umgibt, langsam zurückdrängt. Ich kann ihre Präsenz deutlich spüren und erschaudere. Es ist, als würde der Anhänger meine neugewonnenen Kräfte unwirksam machen. Ich kämpfe dagegen an, will diese Übermacht nicht wieder aufgeben, aber die Präsenz der Kette drängt mich weiter zurück.

Es scheint eine Ewigkeit zu vergehen, bis Lucas mich fast erreicht hat, aber trotzdem sind es nur ein paar Sekunden. Langsam setzt ein Gefühl für die Realität bei mir ein. Und mit ihm ergreift mich eine Panik und Erschöpfung, die mir den Boden unter den Füßen wegzieht. Meine Knie werden weich und geben unter mir nach, sodass ich auf dem Boden zusammensacke, mitten hinein in das Chaos, das ich angerichtet habe. Als mich Lucas schließlich erreicht, fällt das letzte bisschen dieser dunklen Macht von mir ab. Ich lehne mich in seine Arme, auch wenn ich befürchte, dass ein weiterer Schwall meiner Macht aus mir hervorbrechen und diesmal Lucas treffen könnte. Bei Annabelle und Thomas ist es mir egal gewesen, aber ich könnte es mir nicht verzeihen, eines meiner Familienmitglieder zu verletzen. Schon gar nicht Lucas, der immer für mich dagewesen ist.

»Alles wird gut. Ich bin bei dir«, flüstert Lucas mir zu, während mir die Augenlider schwer werden und mir alles entgleitet.

KAPITEL 12

Als ich wieder zu Bewusstsein komme, bin ich alleine. Ich spüre die vertraute Struktur der Patchworkdecke, die Granny Sue mir vor Ewigkeiten geschenkt hat, unter meinen Fingern. In der Luft liegt der staubige Geruch von Little Big Ben, vermischt mit dem Duft der Kräuter, die Mum im Stockwerk über mir zwischen all den vollgestopften Bücherregalen trocknet. Keine Frage, ich bin wieder zu Hause in meinem Zimmer. Falls ich es denn jemals verlassen habe.

Irgendwie kommt mir das alles wie ein böser Traum vor, der ausnahmsweise mal nicht in Flammen und anschließender Eiseskälte geendet hat. Vielleicht ist das ein Zeichen, um endlich mit Thomas Schluss zu machen. Wie oft habe ich schon gedacht, dass es Zeit wird, mich von ihm zu trennen. Aber dann hat er wieder dieses Lächeln aufgesetzt und mich damit von all den Gründen abgelenkt, die mich überhaupt an ihm und unserer Beziehung haben zweifeln lassen.

Und nicht nur das … Thomas hat mir immer schon das Gefühl gegeben, ganz normal zu sein, während mich der Großteil der Schule noch immer für verrückt hält. Nachdem Lucas seine Stelle beim Institut angetreten hat, ist es Thomas gewesen, der mich beschützt und verteidigt hat. Gerade jetzt frage ich mich, was er die ganze Zeit über in mir gesehen hat. Jemanden mit einer besonderen Gabe, jemand der anders ist als die meisten Schülerinnen? Oder ein leichtes Opfer, um seine Bedürfnisse zu stillen? Ich hasse es, so über ihn zu denken, aber in meinem Kopf überschlagen sich gerade die Vermutungen und vernebeln mir den Verstand. Aber eines ist klar: Ich muss es wirklich beenden, bevor es zu spät ist.

Auf dem Nachtkästchen neben meinem Bett taste ich nach meinem Handy, um Thomas anzurufen. Es ist mir egal, dass es mitten in der Nacht ist. Ich will es jetzt endlich hinter mich bringen. Ich blinzle gegen das grelle Licht des Displays an und warte, bis sich meine Augen daran gewöhnt haben. Eigentlich hätte ich gleich auf das Adressbuch klicken wollen, um meinen Plan in die Tat umzusetzen, bevor ich wieder einen Rückzieher mache, aber etwas hält mich davon ab. Der Startbildschirm meines Handys zeigt an, dass ich in den letzten paar Stunden unzählige Textnachrichten bekommen habe. Sie alle haben ungefähr denselben Wortlaut:

Du Freak!

Monster!

Erschrocken setze ich mich auf und klicke mich durch die Nachrichten, die meistens von Leuten stammen, die ich überhaupt nicht kenne. Was soll das denn?

Sogar Mary und Lily haben mir Nachrichten geschrieben, die alles andere als nett sind. Aber warum? Was habe ich ihnen denn getan?

Warte mal …

Ist das, was ich gerade noch für einen Traum gehalten habe, tatsächlich passiert? Das kann doch gar nicht wahr sein! Der Wind, die zerrissenen Bücher … wie ich mit Annabelle und Thomas umgegangen bin. Das ist doch überhaupt nicht möglich! Niemand hat solche Kräfte. In Filmen und Serien sind das doch bloß Special Effects und in den Büchern nichts als Wörter. Solche Kräfte sind nur erfunden. Es gibt sie nicht, kann sie nicht geben!

Panik bricht in mir aus, lässt mein Herz so schnell rasen, dass ich befürchte, gleich wieder das Bewusstsein zu verlieren. So unwirklich mir mein Traum erscheinen mag, antwortet die Realität sofort auf meine Frage, als mein Zimmer zu beben beginnt. Ich spüre, wie das Display meines Handys unter meinen Fingern zerspringt, höre, wie Bücher und Gläser voller alter Münzen und sonstigem Krams aus meinen Regalen fallen und einen ohrenbetäubenden Lärm verursachen. Fast so wie das Tosen in der Bibliothek, das ich bis vor wenigen Sekunden für reine Einbildung gehalten habe. Nur dass es da alte Bücher gewesen sind, die aus Regalen geschleudert und in der Luft zerrissen wurden, sodass die Blätter um mich herumgewirbelt sind wie Federn, nachdem man ein Daunenkissen zerlegt hat.

Aber jetzt bin ich mir ganz sicher, dass ich nicht mehr träume. Das Beben fühlt sich zu real an, auch der Schmerz, als eines meiner Bücher aus dem Regal über meinem Bett meine Schulter trifft. Das ist tatsächlich real. Es ist wirklich passiert und das bedeutet auch …

Oh fuck! Thomas und Annabelle! Gott, was habe ich getan? Was zum Teufel ist hier los?

Die Erkenntnis, dass ich aus reiner Eifersucht beinahe zwei Menschen getötet hätte und das auch noch mit einer übernatürlichen Macht, die ich mir beim besten Willen nicht erklären kann, trifft mich so hart, dass ich keine Luft mehr bekomme.

Was ist nur los mit mir? Was passiert hier? Ist das nicht vielleicht alles doch Teil eines viel größeren Albtraums, der sich gerade in mein Leben geschlichen hat? Es kann doch alles nicht wahr sein! Kartenlegen und die Zukunft vorhersagen, ist eine Sache, aber das? Das ist doch völlig unmöglich, oder?

Und dennoch ist da das Beben, das mein Bett schaukeln lässt, bis es umkippt und mich hart auf den Boden der Tatsachen wirft. Ich stoße mit dem Kopf gegen meinen Nachttisch und werde mir nur allzu sehr bewusst, dass das alles hier tatsächlich passiert. Dafür ist der Schmerz, der mir durch meinen Körper schießt, zu real. Selbst in meinem Albtraum fühlen sich Verbrennungen oder ein Sturz bei meiner Flucht vor den Flammen nur wie ein Echo alter Erinnerungen an. Mein Unterbewusstsein weiß, dass es wehtun sollte, aber wirklich spüren tue ich die Schmerzen nicht.

In diesem Moment, in dem mein Zimmer dem Chaos verfällt, ausgelöst von einer Macht, die ich weder sehen, noch erklären kann, weiß ich, dass sich irgendetwas in mir verändert hat. Etwas Dunkles, Fremdes ist aus meinem Inneren hervorgebrochen und ich kann es nicht kontrollieren.

Ich habe keine Ahnung, woher sie kommt und was ich mit dieser schrecklichen Macht bewirken kann. In meinem Kopf fließen die Erinnerungen an die letzten Tage durcheinander und wie von allein erstellt mein Unterbewusstsein eine Liste mit all den Dingen, zu denen ich nun fähig bin, ob es mir gefällt oder nicht: Leute durch die Luft schleudern, ganze Bibliotheken verwüsten und Bücher auseinanderreißen. Windstöße, zuschlagende Türen, zersprungenes Glas. Vielleicht auch die Stichflammen bei den Pemberleys oder das defekte Radio, das sich manchmal von selbst einschaltet?

In diesem Moment wird mir alles zu viel. Ich weiß nicht mehr, wo mir der Kopf steht. Also kauere ich mich auf den Boden, die Arme schützend um meinen Kopf gelegt und mache mich so klein, wie ich kann. Um mich herum erbebt mein Zimmer noch immer. Glasscherben und Buchseiten drücken sich in meine Arme und Beine, aber das ist mir egal. Ich will bloß, dass es aufhört. Will die Kontrolle über mich und mein Leben zurück.

KAPITEL 13

Die Schubladen meiner Kommode spielen verrückt, springen quietschend auf und wieder zu und verursachen dabei einen solchen Lärm, dass ich Angst habe, meine Familie zu wecken, vor allem Lucas und Mike in ihrem Zimmer direkt gegenüber meinem. Sie dürfen mich nicht so sehen. Was würden sie dann mit mir tun? Mich rauswerfen und nie mehr ein Wort mit mir sprechen? So wie Lily, Mary und all die anderen, die mir heute Nacht geschrieben haben. Sie haben ja gar keine Ahnung, wie sehr solche Worte verletzen können. Dass sie es damit nur noch schlimmer machen.

Ihre Nachrichten und Voicemails füttern den Zorn in mir, der diese Macht erst heraufbeschworen hat. Das macht es mir unmöglich, sie aufzuhalten. Der Zorn ist wie Brandbeschleuniger für das Feuer in mir, lässt die Flammen in die Höhe steigen, während das Beben in meinem Zimmer weiter zunimmt. Wie Lava aus einem Vulkan bricht diese fremde Kraft aus mir hervor und begräbt mein gesamtes Leben unter Schutt und Asche.

Mein Herz schlägt unnatürlich schnell, als wolle es mir aus der Brust springen und sich diesem Chaos vor meinen Augen anschließen. Mein ganzer Körper zittert unkontrolliert, während ich noch immer verzweifelt versuche, mich zu beruhigen. Doch egal, was ich tue, es wird nur noch schlimmer, noch lauter und gefährlicher mit all den Scherben rings um mich herum.

Und nicht nur das. Ich habe Angst, meiner Familie wehzutun, sollten sie mich hören und mir zur Hilfe kommen wollen. Ich weiß nicht, wie sich Lucas mir gegenüber zur Wehr gesetzt hat, wie er diesem tödlichen Sturm in der Bibliothek entkommen konnte, aber ich glaube nicht, dass er noch einmal dazu in der Lage sein wird. Ich bin mir ja nicht einmal sicher, ob er tatsächlich dort gewesen ist oder ich mir seine Anwesenheit auf Annabelles Party nur eingebildet habe. Aber wie wäre ich sonst nach Hause zurückgekommen? Annabelle hat mir wohl kaum ein Taxi gerufen ...

Ich versuche das zu tun, was Lucas mir mit ruhiger Stimme geraten hat: tief durchatmen, mich beruhigen. Um das Chaos in meinem Zimmer auszublenden, schließe ich die Augen, aber es hilft nicht viel. Ich höre, wie meine Tür aufgerissen wird und gegen die Wand knallt. Im ersten Moment denke ich, meine Kräfte sind daran schuld und sind nun auf dem besten Weg, nicht nur mein Zimmer, sondern das ganze Haus zu verwüsten. Mum wird mich umbringen, vorausgesetzt, wir überleben diese zerstörerische Macht, die tief aus meinem Inneren hervorgebrochen ist. Ich krieche blind über den Boden, der mittlerweile von zerrissenen Büchern, Kleidern und Scherben bedeckt ist, um die Tür wieder zu schließen, das Chaos davon abzuhalten, auch den Rest unseres Hauses zu übernehmen. Dabei bete ich, dass meine Familie tief schläft und nicht mitbekommt, was hier gerade los ist. Aber als ich die Augen aufschlage, um mich zu orientieren, sehe ich Mike vor mir im Türrahmen stehen. Sein Mund ist wie zu einem stummen Schrei weit aufgerissen, doch kommt nur ein schlaftrunkenes Flüstern über seine Lippen: »Isa?«

Das Beben muss ihn geweckt haben. Wahrscheinlich ist er aufgewacht, als alle meine Sachen plötzlich aus meinen Regalen gefallen sind. Verdammt! Warum muss ausgerechnet er derjenige sein, der mich findet? Hätte ich doch bloß ein bisschen mehr Zeit, um mich wieder zu beruhigen! Vielleicht könnte ich das hier, was auch immer diese chaotische Macht ist, vor meiner Familie verstecken. Dafür ist es jedoch längst zu spät. Wenn man einem Finchley ein Geheimnis anvertraut, weiß es bald die gesamte Familie. In diesem Fall müsste Mike nicht einmal etwas sagen. Er bräuchte bloß Mum, Dad und Lucas zu holen und auf mich inmitten meines zerstörten Zimmers zu zeigen, und schon wüsste jeder Bescheid.

Mike sieht sich erschrocken um und weicht langsam auf den Gang zurück. Angst flackert in seinem Blick auf und bricht mir das Herz. Sonst geht er immer mit einem Grinsen durchs Leben und hat stets einen Scherz parat, um unangenehme Situationen aufzulockern. Noch nie habe ich Mike so gesehen, aber das war, bevor ich zu diesem Monster mutiert bin.

»Isa, was ist hier los?«, ruft Mike und versucht mit seiner Stimme gegen den Lärm anzukommen. Wieder geht ein Glas zu Bruch und lässt uns beide zusammenzucken. Ich weiche zurück, bis ich die kalte Wand in meinem Rücken spüre, noch immer voller Angst, dass ich auch ihm wehtun könnte. Wenn diese unsichtbare Macht schon Glas zu Bruch gehen lassen und Regale umwerfen kann, was könnte sie dann einem wehrlosen kleinen Jungen antun? Grausame Bilder drängen sich in meinen Kopf und ich wünsche mir zum ersten Mal in meinem Leben, nicht so viele Horrorfilme gesehen zu haben. Ich kann das nicht zulassen. Ich darf Mike nicht verletzen!

Schnell wende ich meinen Blick von ihm ab und schaukle langsam mit dem Oberkörper vor und zurück. So habe ich mich als Kind schon beruhigen können, wenn meine sogenannte Gabe die Überhand gewonnen hat. Irgendwie falle ich dadurch in eine Art Trance und vergesse alles um mich herum. Bisher hat es immer geholfen, Gefühle und Bilder aus der Zukunft loszuwerden, aber heute scheint das meine Kräfte nur noch zu intensivieren. Das Beben wird stärker und reißt ein weiteres Regal mit sich. Krachend schlägt es auf dem Boden auf und zertrümmert dabei einen Blumentopf. Mike muss von hier weg! Auch nur in meiner Nähe zu sein, könnte ihn umbringen.

Aus einem Reflex heraus versuche ich ihn mit einer Handbewegung zu verjagen, so wie ich es schon immer getan habe, seitdem er alt genug ist, um mir auf die Nerven zu gehen. Statt einer gebleckten Zunge reagiert er mit einem markerschütternden Schrei, als eine Druckwelle aus meiner Hand hervorschießt und Mike gegen die nächste Wand stößt. Putz rieselt auf den Boden und bleibt auf seinem leblosen Körper liegen.

Entsetzt springe ich auf und will schon auf ihn zustürzen, halte dann aber inne, weil ich es wahrscheinlich nur schlimmer machen werde. Das war schließlich nur ein kurzer Wink mit meiner Hand. Was passiert, wenn ich mich ihm nähere oder ihn berühre? Was habe ich nur getan?

Meine schlimmste Angst ist damit wahr geworden. Ich habe nicht nur beinahe zwei Menschenleben ausgelöscht, sondern auch einen der Menschen verletzt, die mir am meisten am Herzen liegen. Vielleicht sogar getötet, denn Mike bewegt sich nicht mehr. Von meinem Platz aus kann ich nicht einmal erkennen, ob er überhaupt noch atmet, aber da ist definitiv Blut, das sich langsam auf den weißen Dielen vor meiner Zimmertür ausbreitet. Fassungslos schaue ich dabei zu, wie es sich zu einem dünnen Rinnsal verwandelt und in einem Spalt zwischen zwei Brettern verschwindet.

Bitte lass das nicht wahr sein! Wach auf, Isa! Wach auf!, schreie ich mir innerlich zu, auch wenn ich weiß, dass das hier kein neuer Albtraum, sondern die Realität ist.

Ich schließe die Augen, drücke sie fest zusammen, und wünsche mir, dass das alles nicht passiert ist. Aber als ich sie wieder öffne, liegt Mike noch immer leblos am Boden, noch immer beben alle Möbelstücke in meinem Zimmer und machen nur allzu deutlich, dass das alles real ist. Dass ich daran schuld bin. Ich allein. Ich weiß nicht, wie ich es aufhalten kann. Ob ich es aufhalten kann oder für immer mit dieser Zerstörung leben muss.

KAPITEL 14

Weil sich Mike einige Sekunden später noch immer nicht bewegt, setzt langsam ein Schockzustand in mir ein. Dieser lässt meine dunklen Kräfte, wo immer sie auch hergekommen sein mögen, auf einen Schlag verschwinden. Es ist wieder vollkommen still im Haus, als wäre nichts passiert, als herrsche in meinem Zimmer kein Chaos aus zerbrochenen Gläsern und zerrissenen Büchern. Mein Trancezustand hat endlich eingesetzt und lässt meine Gedanken verstummen. Alle bis auf einen.

Ich habe Mike getötet.

Erst, als ich mir sicher bin, dass diese dunklen Kräfte endgültig fort sind, stoße ich mich von der Wand ab und stolpere über die vielen Bücher und Scherben, die zu meinen Füßen auf dem Boden meines Zimmers liegen. Es scheint eine halbe Ewigkeit zu dauern, das Zimmer zu durchqueren. Zerbrochenes Glas bohrt sich in meine Fußsohlen, aber davon lasse ich mich nicht abhalten.

»Bitte lass ihn nicht tot sein! Bitte lass ihn nicht tot sein!«, flüstere ich wieder und wieder, ehe ich meine Tür endlich erreiche. Ich versuche mich am Rahmen festzuhalten, doch fehlt mir nach diesem Ausbruch jegliche Kraft. Zitternd falle ich neben Mike auf den Boden und kämpfe mit den Tränen.

Ich schluchze heftig und bekomme kaum mehr Luft. Trotzdem zwinge ich mich, das letzte bisschen Abstand zwischen uns zu überwinden. Ich muss einfach wissen, dass es ihm gut geht. Er muss noch leben. Ich kann nicht für seinen Tod verantwortlich sein. Ich wüsste nicht, wie ich damit umgehen sollte.

Vorsichtig fahre ich ihm durch die kupferfarbenen Haare, die sich an einer Stelle dunkelrot gefärbt haben. Ich spüre warmes Blut an meinen Fingern, woraufhin eine gigantische Welle an Schuldgefühlen über mich hinüberschwappt und jegliche anderen Emotionen ertränkt. Die Tränen nehmen mir endgültig die Sicht, während in meinem Inneren eine Übelkeit aufsteigt, die mir den Atem raubt.

»Mum, Dad! Lucas?«, rufe ich in die Stille der Nacht hinein, als ich wieder Luft holen kann. Warum sind sie nicht gleich gekommen? Den Lärm, den diese zerstörerische Kraft verursacht hat, hätten sie doch hören müssen. Hatten sie zu viel Angst vor mir, vor der Dunkelheit, die tief in mir noch immer spürbar ist?

Meine Hände zittern unkontrolliert, meine Atmung geht plötzlich so schnell, dass ich kaum genug Sauerstoff bekomme, um klar zu denken. Meine Gedanken spielen vollkommen verrückt, springen von meinen Albträumen, meiner Vorhersage für Annabelle gestern und der Party hin und her, ohne dass ich sie hätte aufhalten können. Sie sind wie stachelbesetzte Gummibälle, die mir schreckliche Kopfschmerzen verursachen, als würden sie daraus hervorbrechen wollen, um noch mehr Unheil in unserem Haus anzurichten.

Ich höre, wie weiter unten im Haus Türen geöffnet werden und sich schnelle Schritte die Treppe hinauf kämpfen. Meine Eltern und Lucas kommen herbeigestürmt, und lassen sich mindestens genauso erschrocken neben Mike fallen wie ich.

»Was ist passiert, Isa?«, fragt meine Mutter, doch noch ehe ich ihr irgendetwas antworten kann, fällt mir Lucas ins Wort. Ich kann ihm durch den Schleier der Tränen ansehen, wie wütend er ist. So habe ich ihn noch nie erlebt. Und es überrascht mich, dass sich seine Wut nicht gegen mich richtet, wo ich doch ganz eindeutig dafür verantwortlich bin, dass unser Bruder blutend und bewusstlos auf dem Dielenboden liegt. Vielleicht sogar tot ist!

»Das ist alles eure Schuld! Ihr hättet auf mich hören sollen!«, stößt er hervor und funkelt meine Eltern mit einem solch hasserfüllten Blick an, dass wieder Panik in meinem Inneren ausbricht.

Was ist hier los?

Was weiß er, das sie mir nicht erzählt haben?

»Anschuldigungen bringen uns jetzt auch nicht weiter«, sagt mein Vater mürrisch, während er fachmännisch den Körper meines kleinen Bruders abtastet, als hätte er das schon öfter gemacht. Was für eine Art Professor weiß, wie er mit einem verletzten Menschen umgehen soll? Medizin hat Dad ganz sicherlich nicht studiert, das wüsste ich doch.

Oder?

»Fass ihn nicht an! Du hast das zu verantworten«, knurrt Lucas und schiebt unseren Vater beiseite. Vorsichtig nimmt er Mike in die Arme und hebt ihn schließlich hoch, um ihn die Treppe hinunter zu tragen. Sirenengeheul dringt von der Straße zu uns durch. Offenbar ist Mike nicht der einzige gewesen, der den Ausbruch meiner Kräfte gespürt hat. Wieso auch nicht, schließlich habe ich damit unser ganzes Haus zum Beben gebracht. Dass es überhaupt noch steht, grenzt wirklich an ein Wunder. Es wird ein Vermögen kosten, die ganzen Schäden zu reparieren, aber noch schwieriger, vielleicht sogar unmöglich, wird es werden, Mikes Vertrauen zurückzubekommen. Wenn er das hier überhaupt überlebt hat.

Mein Blick fällt auf das blutrote Rinnsal zu meinen Füßen, das zwischen den Dielen verschwindet. Mike so schlaff und leblos in Lucas' Armen zu sehen, raubt mir den Verstand.

»Hab' ich …? Hab' ich …?«, setze ich mit erstickter Stimme an, kann aber nicht weitersprechen.

Sofort richten sich alle Blicke auf mich. Mum hat Tränen in den Augen, als sie mir einen Arm um die Schulter legt und mich an sich zieht. Ihr lila Nachthemd duftet nach Lavendel, aber heute beruhigt mich dieser Geruch nicht. Wie können die beiden mich überhaupt noch ansehen, nach allem, was ich angerichtet habe?

»Keine Sorge, Isa, er wird wieder«, versichert mir Dad, aber Lucas' Blick vom Absatz der Treppe lässt mich daran zweifeln.

Mein Herz bricht bei dem Anblick, den Mike in diesem Moment abgibt. Wie ein zerbrechlicher Zweig hängt er Lucas in den Armen.

Statt sich noch einmal umzudrehen, mir zu versichern, dass es unserem kleinen Bruder wirklich gut geht, schüttelt Lucas bloß den Kopf und murmelt etwas Unverständliches, ehe er seinen Weg nach unten fortsetzt.

»Sagt ihr endlich die Wahrheit. Ich will nicht, dass noch mehr dieser Unfälle passieren!«, dröhnt Lucas' Stimme aus dem Erdgeschoss zu uns hinauf. Dann fällt die Tür ins Schloss.

Mum und Dad starren noch immer die Treppe an, und auch ich weiß nicht recht, was ich mit mir anfangen soll. Warum sind sie nicht wütend auf mich? Warum richtet sich all der Ärger in Lucas' Stimme gegen meine Eltern? Ich bin doch diejenige, die Mike verletzt hat.

»Die Wahrheit über was?«, stoße ich nach einigen Minuten des Schweigens hervor. Ich ertrage die Stille zwischen uns nicht mehr. Sie erinnert mich an den Traum, den ich seit Ewigkeiten habe. An das Schweigen tief in meinem Inneren, das mir jedes Mal aufs Neue Angst einjagt, sobald ich nach meinem Albtraum erwache.

Ich bekomme keine Antwort.

Weder Mum noch Dad, noch ich sind dazu in der Lage, einen klaren Gedanken zu fassen. Wir alle sind mit der Situation überfordert, ich vermutlich noch mehr als meine Eltern, aber langsam kommt wieder Leben in sie. Sie betrachten mich, als wäre ich das achte Weltwunder höchstpersönlich. Als wäre ich eine Heldin und nicht eine wandelnde Zeitbombe, die gerade ihr jüngstes Kind krankenhausreif geschlagen hat.

Gezaubert hat?

Ich weiß nicht mal, was ich getan habe. Nur dass ich für das Blut zuständig bin, das noch immer in kleinen Flecken zu unseren Füßen auf dem weißen Dielenboden zu sehen ist. Und auf meinen Fingerspitzen.

Mikes Blut.

KAPITEL 15

Ich kann den Anblick des roten Flecks vor mir nicht mehr ertragen, also reiße ich mir die Socken von den Füßen und beginne, Mikes Blut damit aufzuwischen. Ich habe keine Kraft mehr, aufzustehen und einen Lappen dafür zu holen. In diesem Moment will ich das alles hier bloß vergessen, es fortwischen. Aus den Augen, aus dem Sinn, auch wenn ich tief in mir weiß, dass ich es nicht mehr ungeschehen machen kann.

Es ist vollkommen bescheuert, aber ein Teil von mir hofft, dass es wirklich nur ein Traum gewesen ist. Dass ich mir das alles bloß eingebildet habe. Die Ereignisse auf Annabelles Party, die fiesen Textnachrichten und nun auch das, was ich Mike gerade angetan habe. Vielleicht hat mir ja wirklich jemand bei Annabelle etwas ins Getränk getan, sodass ich das alles nur halluziniere. Es ist einfach zu verrückt, nein, zu schrecklich, um wahr zu sein. Ich hoffe, dass ich in ein paar Stunden aufwache und alles ganz normal ist. Dass Mike mir oder Mum wieder irgendeinen dämlichen Streich spielt, Dad und Lucas über ihre Bücher gebeugt in der Küche sitzen und Mum ihre Sammlung an Kristallkugeln poliert. Ein Morgen wie immer, der auf eine zugeben schreckliche Nacht folgt.

Aber noch während ich mir das bildlich vorstelle, als würde es dadurch Wirklichkeit werden, weiß ich, dass dem nicht so sein wird.

Nie wieder.

In dieser Nacht hat sich etwas verändert, hat uns alle verändert. Für immer. Das hier ist einfach zu real, um ein Traum zu sein.

»Na komm, hoch mit dir, Liebes«, murmelt meine Mutter irgendwann und zieht mich zu sich hoch. Sie öffnet meine Finger, die sich noch immer um die blutbefleckten Socken krallen und lässt diese achtlos auf den Boden fallen. Vorsichtig schiebt sie mich auf die Treppe zu und befördert mich mit einer Mischung aus Schubsen und Ermunterungen in ihr Badezimmer. »Wir machen dich erstmal sauber. Eine heiße Dusche hat doch immer geholfen.«

Auf halbem Weg hält sie kurz inne, um Dad, der noch immer oben vor meinem Zimmer steht, etwas zuzurufen. Mittlerweile bin ich so durcheinander, dass ich ihre Worte gar nicht mehr verstehe. Sie klingen genauso fremd und verzerrt wie die Sirenen, die immer lauter werden und plötzlich direkt vor unserem Haus verstummen, als Mum gerade die Badezimmertür hinter uns schließt.

»Keine Sorge, dein Vater kümmert sich darum«, flüstert sie mir zu und drückt mir einen Kuss aufs Haar, ehe sie mich auf ihre Wäschetruhe setzt. Wie bei einem kleinen Kind hilft sie mir aus meinen Klamotten, wirft alles in den großen Wäschekorb und stellt das Wasser der Dusche an. Wäre ich von meinem eigenen Entsetzen nicht so gelähmt, hätte ich wahrscheinlich protestiert, aber in diesem Moment kann ich mich einfach nicht bewegen. Während das warme Wasser über meine Haut läuft und Mum irgendein Kinderlied laut vor sich hinsummt, vermutlich um mich zu beruhigen, durchlebe ich wieder und wieder die letzten Minuten. Das Beben, das nicht nur Mike geweckt hat, sondern auch die Nachbarn um uns herum.

Als Mum mir die Hände mit Duschgel einreibt und Mikes Blut wegschrubbt, klingelt es unablässig an der Haustür. Dumpf höre ich Dads Schritte, als er die Treppe hinunterpoltert und dem nächtlichen Störenfried öffnet. Stimmen werden laut und schallen selbst bis zu uns in den ersten Stock. Ich kann sie nicht verstehen, aber Mum sieht plötzlich ziemlich besorgt aus. Sie wickelt mich in ein großes Handtuch ein, so wie früher als ich wirklich noch ihre Hilfe beim Baden gebraucht habe, und eilt nun ebenfalls hinunter, um Dad beizustehen.

Aber was ist mit mir? Was soll ich jetzt tun?

Unschlüssig schaue ich mich im Badezimmer um. Mein Blick fällt dabei auf den dunstbeschlagenen Spiegel, auf dem man gerade noch so meinen Umriss erkennen kann. Wie ein Geist stehe ich vor der Dusche und starre in die Leere, weil ich nichts mit mir anzufangen weiß. Erst als es langsam kühler wird, Mum hat die Tür zum Gang aufgelassen, kommt wieder etwas Bewegung in mich. Ich trockne mich ab und schlüpfe wieder in meinen Schlafanzug, mehr aber auch nicht. An den kalten Fliesen lasse ich mich auf den Boden sinken und mache mich wieder ganz klein, so wie vorhin, bevor mich Mike gefunden hat. Ich wage es kaum, zu atmen, weil mir mit jedem Mal Luftholen schmerzlich bewusst wird, was ich angerichtet habe. Mein ganzer

Körper fühlt sich unendlich schwer an, so schwer, dass ich fürchte jeden Moment durch den Boden zu brechen. Immer tiefer hinab, bis ich im Erdreich versinke und nie wieder auftauchen muss. Nichts anderes habe ich verdient.

Aber Mum hat da andere Pläne, als sie ein paar Minuten später zurückkommt. Vorsichtig berührt sie mich am Arm, zieht mich sanft, aber bestimmt auf die Füße und führt mich aus dem Badezimmer zurück ins Treppenhaus. Keine Ahnung, wie viel Zeit zwischen dem Klingeln und jetzt vergangen ist, aber anscheinend sind die Nachbarn oder wer auch immer das gewesen ist, längst fort.

Ich folge Mum ins Wohnzimmer im Erdgeschoss, weil mein Gehirn noch immer vollkommen leer ist. Ich wüsste nicht, was ich sonst tun soll. Seitdem das zweite Mal diese Kraft aus mir hervorgebrochen ist, weiß ich nichts mehr mit mir anzufangen. Wir alle scheinen es nicht zu wissen. Nur Lucas, der mit Mike ins Krankenhaus gefahren ist. Zumindest nehme ich das an, weil er keinen Ton darüber gesagt hat, wohin er geht. Im Haus ist er jedenfalls nicht mehr. Dafür ist es einfach zu still.

Auf dem Weg nach unten halte ich den Blick fest auf die Stufen gerichtet, spüre den Teppich unter meinen nackten Zehen und wage es nicht, meinen Kopf zu heben, aus Angst, was ich in all den Spiegeln an der Wand sehen würde. Ein Monster? Oder die alte Isa mit verstörtem Blick und dunklen Ringen unter den Augen?

Mum drückt mich im Wohnzimmer auf das alte Sofa, das noch aus Granny Sues Zeiten stammt, während mein Vater das Kaminfeuer entzündet, ein Zeichen, dass etwas ganz und gar nicht in Ordnung ist. Normalerweise machen wir den Kamin nur an, um eine besonders gemütliche Atmosphäre zu schaffen. Wenn einer von uns krank ist oder an Weihnachten. Oder wenn es schlechte Nachrichten gibt, was bisher nur ein paarmal vorgefallen ist: Als unser Kater Storm gestorben ist, oder Granny Sue ins Heim gebracht wurde. Oder als Mum ihre Aufträge verringert hat. Sonst nie. Wir können gar nicht so viel Holz in diesem kleinen Haus lagern, um den Kamin das ganze Jahr über zu befeuern. Und so kalt ist es draußen für diese Jahreszeit auch noch nicht. Das allein zeigt schon, dass es noch viel schlimmer ist, als ich gedacht habe. Andererseits … Was kann schon schlimmer sein, als den eigenen Bruder fast zu töten?

Am liebsten wäre ich jetzt bei ihnen. Bei Lucas und Mike, während die Doktoren ihn untersuchen und uns sagen, dass keine bleibenden Schäden zurückbleiben werden, dass er wieder gesund wird, so wie wir ihn kennen: fröhlich und immer zum Scherzen aufgelegt.

Ich hasse mich dafür, dass ich Mike wehgetan habe. Ich weiß gar nicht, warum. Anders als bei Thomas oder bei Annabelle. Bei ihnen hatte ich wenigstens einen Grund, mich gegen sie zur Wehr zu setzen, auch wenn ich das ebenfalls viel zu sehr übertrieben habe.

Und meine Eltern? Die scheinen auch nicht zu wissen, wie sie mit dieser Situation umgehen sollen. Sie sind mindestens genauso schweigsam und starren mich an, als wäre mir ein zweiter Kopf gewachsen. Dad steht reglos am Kamin, Mum sitzt mir gegenüber in ihrem Lieblingssessel, wo sie abends sonst immer Socken oder Pullover für uns strickt, die wir viel zu selten anziehen.

»Es tut mir leid. Es tut mir so unendlich leid«, sage ich schließlich in die Stille hinein, die nur durch das Knacken des Feuers unterbrochen wird. Ein ganzes Leben voller Entschuldigungen würde nicht ausreichen, um das hier wiedergutzumachen. Diese Erkenntnis treibt mir Tränen in die Augen, die von all der Verzweiflung seit meinem ersten Ausbruch nur noch zahlreicher werden.

»Ich weiß nicht, was mit mir los ist. Was … Was war das denn? Es tut mir so leid. Ich wollte das nicht, wirklich nicht«, beteuere ich und kann meine Zunge kaum zügeln. Es hilft mir irgendwie, auszusprechen, was in mir vorgeht.

»Isa«, unterbricht mich mein Vater irgendwann. Es ist das erste Mal seit langer Zeit, dass er das Wort an mich richtet. Wie lange sind Lucas und Mike denn schon weg?

Draußen vor den Fenstern wird es langsam wieder hell. Am liebsten wäre es mir, wenn sie beide hier wären, gesund und munter und die Situation mit ihren Scherzen auflockern. Vielleicht könnten sie meine Verzweiflung mit ihren dummen Sprüchen vertreiben …

»Es ist nicht deine Schuld, Liebes. Wir hätten dir schon früher davon erzählen sollen.«

Das sind die einzigen Worte, die mein Vater für lange Zeit sagt. Worte, die mich nur noch mehr verwirren, aber er scheint selbst mit sich zu ringen, was er mir erzählen soll. Worauf will er denn hinaus? Hat er gewusst, welche dunklen Kräfte in mir lauern? Hat das auch irgendetwas mit diesem Institut zu tun? Haben sie irgendwelche Tests an mir durchgeführt, als ich jünger gewesen bin?

Hunderte Gedanken rauschen mir durch den Kopf, aber sie alle werden zum Schweigen gebracht, als meine Mutter aufsteht und in die Küche geht. Ich höre, wie sie mit dem Wasserkessel klappert und Wasser hineinfüllt, wie sie den Gasherd einschaltet. Ein sicheres Zeichen dafür, dass sie Tee macht. Es hilft mir, mich auf diese Geräusche um mich herum zu konzentrieren. Das Pfeifen des Teekessels, das Knacken des Feuers und das leise Prasseln des Regens draußen vor dem Fenster, sie alle beruhigen mich allmählich, doch ist es nicht genug, um meine Panik abzuschütteln.

Und während ich darauf warte, dass Mum zurückkommt und mir endlich erklärt, was zum Teufel hier los ist, versuche ich noch immer zu begreifen, was eigentlich passiert ist. Was ich getan habe. Wie viel Schaden ich in den letzten Stunden angerichtet habe.

Vielleicht bin ich wirklich ein Monster.

KAPITEL 16

Das lange Schweigen meiner Eltern macht mich wahnsinnig. Meine Mutter kehrt aus der Küche zurück, für jeden von uns eine Tasse Tee auf einem Tablett. Ohne mich anzusehen, drückt sie mir eine davon in die Hand. Fast hätte ich sie fallen lassen, weil sie so heiß ist. Mein Blick fliegt von Mum zu Dad und wieder zurück. Keiner von beiden sieht so aus, als würden sie mir endlich von dieser *Wahrheit* erzählen, wie Lucas es von ihnen verlangt hat. Ganz im Gegenteil. Während Mum mich weiterhin ansieht, als hätte ich gerade ein Wunder vollbracht und nicht mein komplettes Zimmer und beinahe unser Haus zerstört, hat Dad sein Handy aus der Tasche des abgewetzten Bademantels gezogen und tippt nun wie ein verrückter darauf herum. Ob er gerade dieses bescheuerte Institut kontaktiert, damit sie mich abholen, um mich und diese zerstörerischen Kräfte in mir zu erforschen?

Was früher einmal eine Horrorvorstellung für mich gewesen wäre, ist mir jetzt ziemlich egal. Vermutlich wäre es sogar für alle von uns besser, wenn man mich irgendwo wegsperren würde, wo ich niemandem mehr wehtun kann. Wieder sehe ich Mike leblos vor mir auf dem Boden liegen. Warum sagen sie denn nichts, verdammt nochmal?

So wie sie reagiert haben, müssen sie es gewusst oder zumindest geahnt haben, nicht wahr? Aber ich kann die beiden noch so verzweifelt anschauen, das bringt weder Mum noch Dad zum Reden.

Also ergreife ich das Wort, weil ich das ewige Schweigen nicht mehr aushalte. Ich muss ihnen erzählen, was passiert ist. Sonst komme ich mir selbst wie eine Irre vor. Ich weiß zwar, dass alles real sein muss, schließlich hat Lucas Mike ins Krankenhaus gefahren, aber trotzdem fühlt es sich so unwirklich an, dass ich Bestätigung brauche. Ich glaube, das ist die einzige Möglichkeit, mit all dem fertig zu werden.

Ich erzähle ihnen von der Party, zu der mich Annabelle eingeladen hat. Meine Mutter scheint nicht gerade erfreut zu sein, dass mich die Tochter ihrer besten Kunden reingelegt hat, um mir eins auszuwischen. Und dass Thomas das zugelassen hat. Auch wenn er nicht oft hier war, schließlich ist er andere Wohnstandards gewöhnt, hat er es geschafft, auch meine Eltern mit seinem Engelslächeln zu blenden. Ich bin natürlich auch nicht glücklich über das Verhalten der beiden, aber vor allem das, was danach passiert ist, werde ich mir nie verzeihen. Mein Angriff auf Annabelle und Thomas, bei dem ich beide hätte umbringen können.

»Dann habe ich sie einfach so durch die Luft geschleudert. So wie Mike vorhin. Ich wollte das nicht. Nicht wirklich, aber in dem Moment hat es sich einfach …«, sage ich und zögere. Kann ich es wirklich laut aussprechen? Was werden sie dann von mir denken? Glauben sie dann auch, dass sich ein Monster bin?

»Gut angefühlt?«, beendet meine Mutter den Satz für mich. Sie mustert mich aus großen Augen, nicht vor Erschrecken oder Abscheu, sondern um meine Reaktion zu beobachten. Sollte sie nicht von der schieren Brutalität, die ich Annabelle und Thomas gegenüber gezeigt habe, erschrocken sein? Sollte sie mich nicht auch als Monster abstempeln, auch wenn ich ihre einzige Tochter bin?

Sie scheint nicht überrascht zu sein. Beide, sowohl Mum, als auch Dad, der das Handy wieder weggesteckt hat, sind vollkommen ruhig. Zu ruhig, wenn es nach mir geht.

Ich nicke zur Antwort auf Mums Frage, auch wenn ich Angst habe, das alles nur noch schlimmer zu machen. Dass meine Eltern jetzt ganz dicht machen und mir gar nichts mehr erzählen. Es überrascht mich, dass die beiden so unerschrocken reagieren. Haben sie die ganze Zeit über gewusst, dass diese Kräfte in mir lauern?

Aber warum sagen sie dann nichts? Wo bleibt die Erklärung?

Wieder steigt Wut in mir auf, das altbekannte Gefühl, das die Macht mit sich bringt, die sich irgendwo in meinem Inneren versteckt hält. Die halbleere Teetasse vor mir auf dem Beistelltisch beginnt zu klappern, die Fensterscheiben klirren leise. Draußen peitscht der Wind am Haus vorbei und heult so laut, als stünde direkt vor unserem Fenster ein Wolf. Dieses Geräusch bringt die Erinnerungen an den letzten Abend zurück. Erinnerungen, die ich am liebsten für immer aus meinem Gedächtnis gelöscht hätte, genauso wie diese Macht, die mich einfach nicht mehr in Ruhe lässt. Egal was ich tue, sie bricht aus mir hervor und zerstört das, was mir im Leben wichtig ist. Nun, nicht dass Thomas mir wirklich wichtig gewesen wäre, nach dem was er abgezogen hat. Aber mein Stolz hat trotzdem darunter gelitten. Etwas, was diese dunkle Macht ausgenutzt hat, um sich vollends zu entfalten. Sich auszutoben. Nichts anderes hat sie mit Thomas und Annabelle angestellt und mit meinem Zimmer oder mit dem armen kleinen Mike, der noch immer im Krankenhaus ist.

Lucas hat sich noch nicht gemeldet. Keiner von uns weiß, wie es wirklich um meinen Bruder steht. Aber all das ist im Moment zweitrangig und diese Einstellung macht mich vermutlich zu einer schrecklichen Schwester, aber ich muss einfach wissen, was mit mir los ist. Vielleicht kann ich es so aufhalten, wenn die Macht das nächste Mal aus mir hervorzubrechen droht. Also, was zum Teufel stimmt nicht mit mir? Und was wissen meine Eltern?

»Bitte, Mum, Dad«, flehe ich und werfe den beiden einen verzweifelten Blick zu. Sie müssen doch sehen, wie sehr mich das alles mitnimmt.

»Was passiert mit mir?«

Irgendetwas in meiner Stimme lässt die ausdruckslose Maske, die mein Vater die ganze Zeit getragen hat, zerbrechen. Plötzlich ist da eine tiefe Traurigkeit in seinem Blick, die ich mir nicht erklären kann. Und auch so etwas wie Angst. Vor mir? Oder vor dem, was sie über mich wissen?

Dad fährt sich mit der Hand über seinen silbergrauen Bart, nimmt einen großen Schluck aus seiner Teetasse und sagt trotzdem kein Wort. Ein paar Mal setzt er dazu an, aber die Worte scheinen ihm nicht über die Lippen kommen zu wollen.

»Ihr habt es gewusst. Die ganze Zeit habt ihr es gewusst«, stoße ich schließlich hervor und fasse damit zusammen, was ich mir aus ihrem Verhalten zusammenreimen kann.

Die Wut wird stärker, das Beben meiner Tasse intensiviert sich, bis die ersten Tropfen des Tees auf den Tisch schwappen.

»Warum habt ihr mir nie etwas davon erzählt? Vielleicht wäre das dann alles nicht passiert! Was habt ihr euch nur dabei gedacht?«, bricht es aus mir hervor und ich versuche einen triftigen Grund zu finden, wieso meine Eltern mir diese Sache, was auch immer es ist, verheimlicht haben.

Gut, das hier ist nicht unbedingt etwas, das man in einer ganz normalen Alltagssituation erzählen kann. So von wegen: »Isa, ach übrigens, du hast da irgendwelche dunklen magischen Kräfte, die eines Tages Menschen um dich herum ihr Leben kosten könnten, aber sonst ist alles okay. Noch eine Tasse Tee, Schätzchen?«

Aber trotzdem ... Irgendwann hätten sie es doch sagen können. Wollen Mum und Dad deshalb, dass ich diesem komischen Institut beitrete? Damit diese verrückten Wissenschaftler mich studieren können oder was auch immer sie dort tun?

Plötzlich sehe ich mich in einem sterilen Raum auf einem Krankenhausbett festgebunden. Irgendwelche Maschinen sind an mir angeschlossen, ihr

Piepsen und Rauschen hält mich wach, während mich die Lampe direkt über meinem Kopf mit ihrem grellen Licht blendet, als würde ich direkt in die Sonne blicken. Mum, Dad und Lucas kommen mit Spritzen und Skalpellen auf mich zu, fast komplett in die dunkelblaue Kluft der Ärzte eingehüllt. Sie tragen Hauben und einen Mundschutz, sodass ich nur ihre Augen sehen kann. Statt mit Liebe und Wärme darin, blicken sie mir mit kalter Neugier entgegen, als sie beginnen, diese schreckliche Macht mit ihrem medizinischen Werkzeug aus mir zu befreien. In der Hoffnung, ihnen zu entgehen, presse ich meine Lider fest zusammen und halte die Luft an, aber statt Schmerz fühle ich nur weiterhin Wut darüber, dass sie mir noch immer nicht gesagt haben, was los ist.

Das Warten auf eine Antwort bringt meine Wut nur noch mehr zum Glühen, lässt sie durch meine Adern rauschen, dass ich es kaum noch auf meinem Sessel mit einer gehäkelten Decke von Granny Sue aushalte. Also springe ich auf und laufe im Wohnzimmer hin und her, während der Wind draußen vor dem Fenster weiter gegen die Glasscheiben peitscht. Er hat mittlerweile so stark angezogen, dass ich befürchte, sie könnten im nächsten Moment zerspringen. Noch mehr zerbrochenes Glas. Noch mehr Zerstörung, die alle meinetwegen geschehen sind.

Mittlerweile bin ich mir fast sicher, dass ich den gestrigen Sturm herbeigerufen habe und auch diese Winde, die gerade draußen um unseren Häuserblock wehen, könnten durch meine dunklen Kräfte entstanden sein. Aber ich kann sie nicht länger kontrollieren. Sie sind wieder außerhalb meiner Reichweite, tun, was auch immer sie wollen. Ich kann sie nicht aufhalten. Nicht einmal, wenn ich gewusst hätte, wie. Ob ich das jemals können werde? Oder sollte ich nicht besser gleich in die Themse springen, um all dem ein Ende zu setzen? Vermutlich würden mich diese Kräfte gar nicht sterben lassen. Stattdessen würden sie mich, ähnlich wie Mike, einfach wieder emporschleudern und jeden weiteren Versuch, dieses schreckliche Leben zu beenden im Keim ersticken. Aber wenn es wirklich keinen anderen Ausweg mehr gibt … bleibt eigentlich nur noch das übrig. Oder ein Leben als Versuchskaninchen fürs Institut. Scheint so, als würden Mum und Dad am Ende doch ihren Willen bekommen.

»Bin ich die einzige in der Familie? Werde ich es überhaupt jemals kontrollieren können oder nur noch mehr Leute verletzen?«, schreie ich, sodass es vermutlich auch unsere Nachbarn jenseits der dicken Backsteinmauern hören können. Keine Ahnung, was Mum und Dad ihnen erzählt haben, um sie zu beruhigen, aber es hat funktioniert. Wenn sie doch nur wenigstens mit mir darüber sprechen könnten!

Noch immer Schweigen.

Der Wind drückt das Fenster mit solcher Macht auf, dass die Scheiben aus den Rahmen brechen. Wenigstens das entlockt Mum und Dad eine Regung. Sie zucken erschrocken zusammen, schauen jedoch nicht mich oder die zerbrochenen Scheiben an, sondern einander. Wenn ich doch nur wüsste, was in ihnen vor sich geht!

»Antwortet mir!«, brülle ich, doch ist es nicht mehr meine Stimme. Sie ist seltsam verzerrt, viel zu tief und kehlig, als dass sie aus meinem Mund hätte kommen können. Und doch sind es meine Worte gewesen.

Erschrocken zucke ich zusammen und weiche zurück, stolpere beinahe über den Teppich, der das gesamte Wohnzimmer bedeckt. War das gerade wirklich ich?

»Bitte«, flehe ich, während der Wind durch das Wohnzimmer tobt und Bilderrahmen von den Wänden reißt, Glas klirren lässt und die Möbel um uns herum zum Beben bringt. Die Flammen im Kamin schießen in die Höhe und ich habe Angst, das gesamte Haus abzufackeln, so wie in meinem Albtraum, aber nichts dergleichen passiert. Noch nicht.

»Es tut mir so leid. Wenn ich nur wüsste, wie ich es kontrollieren kann, dann wäre das alles nicht passiert. Warum habt ihr es mir nicht erzählt?«, frage ich wieder und erhalte doch keine Antwort.

Selbst wenn ich es gewollt hätte, hätte ich das Ausmaß meiner Verzweiflung nicht einschätzen können. Mir ist heiß und kalt zugleich, mein Herz schlägt so schnell, dass ich mir sicher bin, dass meine Eltern es auch hören müssen. Selbst über das Getöse des Windes hinweg. Ich bekomme kaum Luft, und versuche panisch, meine Lungen mit Sauerstoff zu füllen. Alles dreht sich um mich herum, so wie auf Annabelles Party. Gleich wird wieder etwas Schlimmes passieren, ich kann es spüren.

Schließlich ist es meine Mutter, die sich zu meinem Vater umdreht, sodass ich ihr Gesicht nicht sehen kann. Ihrer Stimme ist allerdings deutlich anzuhören, dass sie diese Situation weit mehr mitnimmt, als ihre Miene vorhin hätte vermuten lassen.

»Wir müssen es ihr erzählen, John«, sagt sie leise, sodass ich sie kaum über das Heulen des Windes hören kann. Ein Schluchzen entrinnt ihrer Kehle und trotz des Chaos in meinem Inneren und der zerstörerischen Macht, die durch unser Wohnzimmer rauscht, sehe ich, wie sie sich verstohlen eine Träne aus dem Gesicht wischt.

Ich habe meine Mutter noch nie weinen sehen. Bisher war sie immer der fröhliche Mittelpunkt unserer Familie. Der Kleister, der uns alle, so unterschiedlich wir auch sind, zusammengehalten hat.

KAPITEL 17

Allein der Blick meines Vaters und der Klang von Mums Stimme, macht deutlich, dass jetzt nichts Gutes folgen wird. Was habe ich auch anderes erwartet? So wie mich die beiden jedoch anschauen, scheint es sogar noch schlimmer zu sein, als ich mir vorstellen kann. Dass ich tatsächlich Teil eines geheimen Experiments bin und die beiden deswegen versuchen, mich zum Institut zurückzubringen. Oder dass es irgendein Nebeneffekt meiner Gabe ist, die Zukunft zu sehen. Statt vollkommen wirr zu werden wie Granny Sue und Mum, wenn sie zu oft über den Tellerrand unserer Realität blicken, bringe ich eben Zerstörung mit, die für einige Beteiligte durchaus tödlich enden könnte. Hunderte Erklärungen wirbeln mir durch den Kopf, eine verrückter und furchtbarer als die andere. Das Beben um mich herum nimmt weiter zu, Mum und Dad tauschen besorgte Blicke, ehe sie schließlich ihr Schweigen brechen.

Ich atme tief durch und versuche, mich und vor allem diese seltsame dunkle Macht in mir zu beruhigen. Es gelingt mir einigermaßen, aber nichts hätte mich auf das vorbereiten können, was meine Eltern mir in den nächsten Minuten erzählen. Es trifft mich wie ein Schlag in die Magengrube, als hätte man mich in eiskaltes Wasser geworfen und dort ertrinken lassen. Schlimmer noch als das Ende meines Albtraums.

»Isa, wir haben dich vor vierzehn Jahren adoptiert«, sagt Mum leise. Sie rutscht auf ihrem Sessel etwas näher auf mich zu, macht Anstalten, nach meiner Hand zu greifen, aber ihre Worte haben eine tiefe Schlucht zwischen mir und meiner Familie aufgeworfen. Ein unüberwindbarer Abgrund ragt vor mir auf und reißt mich in die Tiefe.

»Was?«, stoße ich hervor.

Schlagartig ist mein Kopf vollkommen leer. Der ganze Spuk, ausgelöst durch meine dunklen Kräfte, verschwunden. Das Feuer brennt wieder ganz normal im Kamin, die Teetassen kommen zum Stehen, selbst der Wind flaut ab und das kaputte Fenster schließt sich wie von Geisterhand. Alles ist wie immer, bis auf die paar Tropfen Tee und die zerborstenen Fensterscheiben auf dem Boden. Es fühlt sich fast normal und gemütlich im gesamten Haus an mit den vielen bunten Kissen und Decken auf den Sofas, den Familienfotos an den Wänden, die dank meiner Kräfte etwas schief hängen, und die vielen Pflanzen, die Mum für ihre Tees und Kräutermixturen benutzt. Doch spätestens jetzt hat sich alles verändert. Die Welt, wie ich sie noch vor wenigen Stunden gekannt habe, ist zerbrochen wie die Fensterscheiben hinter mir.

»Aber das ändert nichts, Isa«, schiebt meine Mutter schnell hinterher, als sie merkt, dass mir diese Offenbarung alles andere als gefällt. Wie hätte ich denn ihrer Meinung nach darauf reagieren sollen? Hätte ich Luftsprünge machen sollen, weil ich dadurch vielleicht nicht ganz so exzentrisch werde wie Dad oder als verwirrte alte Dame in einem Altersheim ende wie Granny Sue? Hätte ich dankbarer sein sollen, weil sie mich bei sich aufgenommen haben, mich wie ihr eigenes Kind behandelt haben, obwohl ich es nicht bin?

Welche Reaktion sie auch immer von mir erwartet haben, Wut, Entsetzen und Unverständnis sind die einzigen Emotionen, die sie von mir zu sehen bekommen. Wieso haben sie mir das all die Jahre verheimlicht? Wieso haben sie mich wieder und wieder angelogen, so wie sie es auch jetzt noch tun: »Du bist für uns wie unsere eigene Tochter. Wir werden dich immer lieben, egal was kommt. Wir sind eine Familie, Isa. Du, deine Brüder und wir.«

Es scheint für meine Mutter sehr wichtig zu sein, immer wieder zu betonen, dass ich wie ihre leibliche Tochter bin, aber eben nicht ihre leibliche Tochter. Plötzlich fühle ich mich noch mehr wie eine Außenseiterin, wie ein Monster inmitten der Menschen, denen ich am meisten vertraut habe.

»Wie konntet ihr mir das die gesamte Zeit verheimlichen? Warum habt ihr es mir nicht erzählt?«, frage ich nach einer Weile, in der Mum und Dad darauf warten, dass ich etwas sage. Mittlerweile höre ich mich an wie eine kaputte Schallplatte, die wieder und wieder dasselbe Stück abspielt. Mum und Dad schweigen erneut, werfen sich aber immer wieder stumm Blicke zu, als würden sie ohne Worte ausmachen, wer von ihnen mir bei meinem Nervenzusammenbruch beistehen sollte. Denn genauso fühlt es sich gerade an. Wie ein Zusammenbruch von all dem, was ich zu wissen geglaubt habe. Als wären meine Kräfte erneut erwacht und hätten meine kleine, heile Welt nun endgültig zerstört und mich mutterseelenallein in den Trümmern zurückgelassen.

»Das wollten wir ja, aber dann hätten wir wirklich alles erzählen müssen. Wir waren uns nicht sicher, ob du das schon verstehst. Wir sind jetzt nicht einmal sicher, ob du verstehen kannst, was tatsächlich passiert ist«, sagt Dad irgendwann, was alles keinen Sinn für mich ergibt. Ich glaube, er weiß selbst nicht, was er gerade gesagt hat. Wie immer, wenn er nervös ist oder über etwas Ultrageheimes nachdenkt, zwirbelt er seinen Bart mit der rechten Hand und kratz sich mit der anderen am Hinterkopf. Mike und ich haben ihn deswegen immer Äffchen genannt, weil er dabei so aussieht, als würde er sich lausen. Allein der Gedanke an all die Momente, in denen ich mit Mike darüber gelacht habe, bringen die Schuldgefühle zurück, weil er jetzt nicht hier ist. Meinetwegen.

»Was denn verstehen?«, frage ich und schüttele den Kopf. Ich weiß wirklich nicht, was ich gerade denken soll.

»Und überhaupt, was hat das jetzt mit all dem hier zu tun? Ich dachte, ihr erzählt mir jetzt, was hier los ist«, stoße ich hervor und mache eine ausladende Bewegung, die das Chaos, das ich im Wohnzimmer angerichtet habe, einschließen soll. Noch immer versuche ich, mit der Wahrheit klarzukommen. Der Wahrheit, dass wir eigentlich keine Familie sind. Ich bin nicht Isa Finchley. Ich weiß nicht einmal, ob ich tatsächlich Isa heiße oder ob sie mir diesem Namen gegeben haben, als sie mich vor vierzehn Jahren adoptiert haben. Damals bin ich vier Jahre alt gewesen. Wieso kann ich mich nicht mehr daran erinnern? Und an meine Eltern, meine leiblichen Eltern?

»Was hat das eine mit dem anderen zu tun? Wenigstens das könntet ihr mir doch erklären, oder? Bitte!«, flehe ich wieder und spüre, wie die Verzweiflung erneut mein Denken übernimmt. Die befürchtete Welle übernatürlicher Phänomene, die ich zuvor ausgelöst habe, wenn ich emotional geworden bin, bleibt aus. Keine klappernden Teetassen, kein Heulen des Windes, keine Stichflammen. Nur Stille.

Vielleicht habe ich die Macht jetzt erschöpft. Vielleicht gibt sie für einige Zeit Ruhe. So könnte ich zumindest mit diesen unerwarteten Neuigkeiten fertig werden. Begreifen, was die beiden mir gerade erzählt haben, auch wenn ich bezweifle, jemals damit zurechtzukommen.

KAPITEL 18

»Wer sind meine leiblichen Eltern? Warum haben sie mich weggegeben?«, frage ich, nachdem meine Mutter zugestimmt hat, mir all meine Fragen zu beantworten. Doch allein auf diese beiden, die mir so sehr auf der Seele brennen, hat sie keine Antworten. Das sehe ich, noch bevor sie den Mund öffnet.

»Das wissen wir nicht. Es tut mir leid, wir haben versucht, mehr über dich und deine Familie herauszufinden, haben aber keine Antworten bekommen.« Mum seufzt und greift nun doch nach meiner Hand. Im ersten Moment will ich sie zurückziehen, aber das hätte ihr sicher das Herz gebrochen. So wütend ich gerade auch auf die beiden bin und es vermutlich noch eine ganze Weile sein werde, kann ich das nicht zulassen. Nicht nach allem, was sie mit mir durchgemacht hat.

Dad schnaubt und schüttelt den Kopf, ehe er die Teetasse etwas zu fest auf den Kaminsims abstellt. »Keine Antworten bekommen … So kann man das auch nennen.«

»Was soll das denn jetzt heißen?«, frage ich und wünsche mir, dass sie wenigstens einmal die gesamte Geschichte erzählen, und nicht immer nur Bruchstücke. Mein Leben ist noch nie wirklich perfekt gewesen, aber in den letzten Stunden hat es sich in einen gigantischen Haufen aus Puzzleteilen verwandelt, die ich nach und nach zusammensammeln und ohne Vorlage miteinander verbinden muss.

»Mitarbeiter des Instituts haben dich zu uns gebracht. Du warst damals knapp vier Jahre alt und vollkommen verstört. Du hast immer wieder irgendetwas vor dich hin gebrabbelt, ich glaube es war Gälisch. Sie haben gesagt, dass wir uns um dich kümmern sollen. Das machen Mitarbeiter des Instituts manchmal, verwaiste Kinder aufnehmen, sie aufziehen, als wären sie ihre eigenen. Auch wir haben uns für dieses Programm angemeldet, weil wir Kindern wie dir helfen wollten«, beginnt Mum und ich bin froh, dass sie endlich am Anfang ansetzt und nicht immer wieder Dinge einwirft, die ich nicht richtig zuordnen kann. Sie drückt meine Hände fest und lässt mir Zeit, die Informationen zu verarbeiten. Also steckt selbst hinter diesem Aspekt meines Lebens dieses verdammte Institut!

»Gälisch? Woher soll ich das denn können?«, frage ich und überlege, ob ich jemals auch nur ein Wort dieser seltsamen Sprache verstanden hätte. Nein, wohl eher nicht, auch wenn mir die Worte, die man so oft bei *Outlander*, einer meiner liebsten TV-Serien und Bücher gehört hat, seltsam vertraut vorgekommen sind.

»Schon damals haben wir uns gefragt, wer du bist und woher du kommst. Uns war immer wichtig, dass du weißt, wo deine Wurzeln liegen, aber sie haben uns nichts gesagt. Wir mussten die Adoption höchst geheim halten, auch vor dir, und so tun, als wärst du eine verwaiste Verwandte von uns, die wir bei uns aufgenommen haben«, fährt Mum fort. Irgendwie fühlt es sich komisch an, sie so zu nennen ... Dort draußen, jenseits des Little Big Ben habe ich noch eine andere Mutter, meine leibliche Mutter.

»Habt ihr denn nie versucht, über das Institut mehr darüber herauszufinden?«, will ich wissen, und meine Frustration wegen dieser ganzen Instituts-Geschichte steigt. Was hat es denn nun damit auf sich? Die ganze Zeit über habe ich angenommen, dass es irgendeine Geheimorganisation ist, die etwas erforscht oder versucht, die Weltherrschaft zu erlangen, aber jetzt verwaiste Kinder an deren Mitarbeiter zur Adoption freizugeben ... Das kommt mir nicht so ganz geheuer vor. Vielleicht ist meine Theorie mit Experimenten an unschuldigen Kindern doch nicht so weit hergeholt.

»Glaub mir, wir haben über die Jahre hinweg immer wieder versucht, mehr über dich zu erfahren. Ich habe meinen Status als Professor ausgenutzt, um in Datenbanken zu kommen, auf die ich eigentlich keinen Zugriff haben sollte. Das haben sie gemerkt und uns gedroht«, erklärt mein Adoptivvater und kommt langsam auf mich zu. Er kniet sich neben die Lehne meines Sessels und legt seine Hand auf meine Schulter, so wie früher, als er mir genau hier das Lesen beigebracht hat. Heute aber ziehe ich mich vor ihm zurück, auch vor Mum, weil ich ihren Worten nicht wirklich glaube.

»Gedroht? Und deswegen hast du aufgehört zu suchen?«, frage ich, weil ich finde, dass eine Drohung meist nichts mehr ist als leere Worte. So nach dem Motto: Hunde, die bellen, beißen nicht.

»Isa, ich hätte so gerne mehr herausgefunden. Wirklich! Aber die Drohung war echt. Sie wollten uns nicht nur unsere Arbeit wegnehmen, sondern vor allem dich, weil sie gedacht haben, dass wir dich durch unsere Nachforschungen in Gefahr bringen könnten. Irgendetwas muss mit deiner Familie vorgefallen sein, das höchst brisant gewesen ist. Aber es tut mir so leid, dass wir dir nicht mehr sagen können«, entgegnet er und setzt zu einem zweiten Versuch an, schlingt vorsichtig den Arm um mich, als fürchte er, dass ich im nächsten Moment gleich wieder Dinge von mir schleudern würde. So wie bei Mike oder Thomas und Annabelle.

Aber nichts dergleichen geschieht, irgendwie habe ich mich unter Kontrolle, auch wenn in mir gerade ein Sturm aus Verzweiflung, Verwirrung und Wut tobt. Ich schaffe es aus unerklärlichen Gründen, mich an das bisschen Menschlichkeit festzuklammern, das tief in meinem Inneren vergraben liegt. Ich will nicht noch einmal jemandem wehtun. Nicht ohne Grund. Und nicht diesen Leuten, die mich einfach so bei sich aufgenommen haben, ohne zu wissen, wen sie da eigentlich in ihr Haus und zu ihren Kindern gelassen haben.

Und als ich das begreife, kann ich den beiden gar nicht mehr böse sein. Ich weiß, dass diese schreckliche Lüge auf lange Sicht gesehen nichts an unserer Beziehung zueinander ändern wird. Trotzdem fühle ich mich in diesem Moment, in dem plötzlich alles zusammenbricht, von allen in meiner Familie im Stich gelassen. Betrogen, weil sie mir die Wahrheit vorenthalten haben. Es wird einiges an Zeit und Vertrauen kosten, um diese Tatsache zu überwinden. Abstand scheint mir jetzt die beste Lösung zu sein …

KAPITEL 19

Das Institut. Darauf scheint alles in meinem Leben hinauszulaufen. Egal was passiert, immer hat das Institut die Finger im Spiel, obwohl ich noch immer nicht weiß, wofür diese Organisation tatsächlich steht. Ich kann es nicht länger mit anhören. Bisher ist mir nicht bewusst gewesen, wie sehr das Institut mein Leben verpfuscht hat. Nicht nur, dass ich deswegen mit meinen Eltern streite, weil sie wollen, dass ich in ihre Fußstapfen folge. Nein, sie sind auch dafür verantwortlich, dass ich nicht weiß, wer meine leiblichen Eltern sind. Als ob ich jetzt noch in Betracht ziehen würde, für sie zu arbeiten!

Dank des Instituts fühle ich mich nun vollkommen allein auf der Welt. Seit letzter Nacht habe ich nicht nur meine Menschlichkeit und die Kontrolle über mich selbst verloren, sondern auch meine gesamte Familie. Plötzlich richtet sich meine Wut nicht mehr gegen John und Gloria Finchley, die ich mein Leben lang für meine Eltern gehalten habe, sondern gegen das Institut höchst selbst. Und wenn ich nicht bald meine Antworten bekomme, dann werden sie am eigenen Leib spüren, was dieses Unwissen mit mir anrichtet. Irgendwie werde ich schon aus Dad oder Lucas herausbekommen, wo diese Weltherrschaftsfanatiker ihren nächsten Stützpunkt haben.

Zum ersten Mal seit dem Ausbruch dieser dunklen Kräfte bin ich froh, dass ich sie besitze. Wahrscheinlich wird es mir gleich besser gehen, wenn ich ihre Basis damit abreiße. Wer ist hier nun gefährlich?

»Wir haben wirklich alles versucht, Isa. Es tut uns leid«, beharrt Dad und reißt mich damit aus meinen Zerstörungsfantasien. Ich kann mir das nicht länger anhören. Vielleicht wissen meine Adoptiveltern ja doch mehr und dieses blöde Institut hat ihnen eingeredet, mir nichts davon zu erzählen.

Im Moment kann ich mir alles vorstellen. Wer weiß, vielleicht ist meine Gehirnwäschetheorie tatsächlich wahr. Warum auch nicht, schließlich scheint auch Lucas in dieser ganzen Sache mit drin zu stecken. Er ist es doch gewesen, der seine Eltern angewiesen hat, mir alles zu erzählen. Möglicherweise erinnert er sich sogar noch daran, wie ich als angeblich verstörtes vierjähriges Mädchen in die Familie gekommen bin. Er muss damals wie alt gewesen sein? Sechs, oder sieben? Ganz sicher wird er sich noch daran erinnern. So etwas vergisst man nicht, wenn man von dem einen Tag auf den anderen eine neue Schwester hat, die eigentlich gar nicht zur Familie dazugehört.

»Warum wollt ihr dann die ganze Zeit, dass ich mit euch für das Institut arbeite?«, frage ich und muss unweigerlich an all die Momente zurückdenken, in denen Mum und Dad versucht haben, mich genau dazu zu überreden.

»Es gibt Leute im Institut, die wissen, was damals mit dir und deiner Familie passiert ist. Uns haben sie nie etwas darüber erzählt, aber sie mit dir zu

145

konfrontieren, hätte vielleicht eher zu einem Erfolg führen können«, meint Dad und schlägt verzweifelt mit der Faust gegen die Sofalehne neben ihm.

»Vielleicht hättest du so Anschluss gefunden...«, stimmt Mum zu und greift wieder nach meinen Händen. Diese Berührung ist mir über die Jahre hinweg so vertraut geworden, dass ich erst jetzt merke, wie sehr sie mir das Gefühl gibt, dazu zu gehören. Aber das ist jetzt vorbei.

Jetzt gehöre ich nirgendwo mehr dazu. Nicht zu den Finchleys, auch nicht zu der anderen Familie, die mich vermutlich einfach aufgegeben hat. Zumindest kommt es mir in diesem Moment so vor. Wieso sonst sollte das Institut all diese Informationen unter Verschluss halten? Wollen meine leiblichen Eltern nicht, dass ich nach ihnen suche? Wissen sie von den dunklen Kräften, die in mir ruhen? Ich halte es nicht länger in der Gegenwart meiner Adoptiveltern aus. Das macht es nur noch deutlicher, dass ich nicht länger hierher gehöre. Ich kehre in das Zimmer zurück, das ich bewohne, seit ich denken kann. Aber es ist nicht mehr mein Zimmer, sondern nur eine Ansammlung an Dingen, die sie mir gegeben haben. Auf der Treppe komme ich mehrmals ins Straucheln und kann mich gerade noch so am Geländer festhalten, um nicht gleich wieder herunterzufallen. Die Spiegel an den Wänden zeigen unzählige verstörte Isas, die einem Nervenzusammenbruch nahe zu sein scheint. Schnell verschwindet sie hinter einem Schleier aus Tränen, der es mir unheimlich schwer macht, mich in meinem Zimmer zurecht zu finden. Das Chaos, das meine Kräfte ausgelöst haben, macht es auch nicht einfacher. Alles liegt am Boden verstreut, nichts ist mehr dort, wo ich es einst hingelegt habe. Die gewohnte Vertrautheit, die Gemütlichkeit, die mein Zimmer, eigentlich das ganze Haus, ausgestrahlt hat, ist verschwunden. Ich fühle mich inmitten all des Chaos wie eine Fremde, die eine Unfallstelle besucht, an der noch vor wenigen Minuten ein Tornado gewütet hat.

Weil ich hier nicht länger hingehöre, packe ich meine Sachen, nur das Nötigste, schließlich gehört das alles den Finchleys. Ich werde das alles hinter mir lassen. Die verworrene Lüge, die sich durch mein gesamtes Leben zieht wie der rote Faden durch eine gute Geschichte. Wahrscheinlich ist es für alle das Beste. So kann ich niemandem mehr wehtun. Aber im Moment habe ich das Gefühl, dass ich diejenige bin, die am meisten gelitten hat, heute und ganz besonders in den letzten Stunden. Hätten sie mir jemals etwas von meiner Vergangenheit erzählt, wenn diese Kraft nicht aus mir hervorgebrochen wäre?

Darüber nachzudenken, würde zu nichts führen. Die Katze ist aus dem Sack, wie Granny Sue sagen würde. Jetzt wird es Zeit, die Scherben aufzuheben und irgendwie damit klarzukommen. Nicht hier, nicht bei den Leuten, die mir vierzehn Jahre lang etwas vorgelogen haben. Ich weiß, dass sie es mit den besten Absichten gemacht haben, und genau deswegen muss ich gehen. Um diese Familie nicht noch mehr zu zerstören, als ich es sowieso schon getan habe. Einer liegt bereits im Krankenhaus, wegen mir. Wenn ich bleibe, würden es nur noch mehr werden.

KAPITEL 20

Auch wenn ich nur das Nötigste packe, weil es mir nicht richtig vorkommt, die Sachen der Finchleys mitzunehmen, dauert es eine halbe Ewigkeit, bis ich endlich fertig bin. Dabei versuche ich das Chaos, das meine Kräfte angerichtet haben, so gut es geht zu beseitigen. Ich will Mum nicht noch mehr Arbeit aufhalsen. Sie hat sowieso schon genug, das sie verarbeiten muss.

Ganz fertig bin ich allerdings nicht, denn von meinen Büchern, oder was davon übriggeblieben ist, kann ich mich dann doch nicht trennen. Ich muss eine Entscheidung treffen, welche von ihnen ich mitnehmen und welche ich hier zurücklassen werde. Nur einige wenige sind beschädigt worden, etwas anderes hätte ich mir nicht verzeihen können, wo es doch hauptsächlich alte Ausgaben von Klassikern oder Bücher mit einer besonderen persönlichen Bedeutung für mich sind. Zum Beispiel eine ziemlich mitgenommene Ausgabe von *Stolz und Vorurteil*, die Mum sich als Teenager auf einem Flohmarkt gekauft und schließlich an mich weitergegeben hat. Ich bringe es kaum übers Herz, sie hier zu lassen, aber sie mitzunehmen, kommt mir auch nicht richtig vor, schließlich verbindet Mum auch einiges mit diesem Buch. Also lege ich es ganz oben auf den wackeligen Turm der Bücher, die ich schweren Herzens zurücklassen muss, weil sie nicht mir gehören.Nicht wirklich.

Während ich eine dritte Tasche aus dem Schrank hole, um meine kleinen Schätze einzupacken, öffnet Mum, die Tür zu meinem Zimmer und setzt sich unaufgefordert auf meinen Schreibtischstuhl. Eine Weile lang sieht sie mir dabei zu, wie ich die Bücherstapel wieder und wieder durchgehe, um zu entscheiden, welche ich einpacken werde. Ich wage es nicht, den Blick zu heben, weil ich weiß, dass mein Entschluss, zu gehen, dabei kräftig ins Wanken geraten würde. Aber wie sollen wir nach den Ereignissen der letzten Stunden noch unter einem Dach wohnen? Ich werde Mike nie wieder in die Augen sehen können, ohne die Angst darin zu sehen, kurz bevor ihn eine unsichtbare Druckwelle gegen die Wand geworfen hat. Ich werde nie wieder von meinem Zimmer aus durch den Gang laufen können, ohne daran denken zu müssen, was ich ihm angetan habe. Der Blutfleck ist noch immer da, verschmiert und eingetrocknet, weil wir alle zu sehr mit der Wahrheit beschäftigt gewesen sind, anstatt uns um das Chaos zu kümmern, das ich angerichtet habe.

»Isa, bitte beruhige dich. Wir können über alles reden und du musst jetzt nicht verschwinden. Du bist trotzdem unsere Tochter«, sagt sie schließlich und betont den letzten Satz so wie vorhin schon, als wäre es das Wichtigste auf der Welt. Aber sie kann sich ihren »wir sind alle eine Familie«-Quatsch sparen. Für mich ist diese Illusion nun endgültig zerstört.

»Lass es sein, Gloria. Das wird auch nichts ändern«, sage ich und schiebe gerade das letzte Buch in den Rucksack, eine uralte Ausgabe der Märchen der Gebrüder Grimm. »Ich bin ein Monster, und werde es immer sein. Ich bin nicht so wie ihr. Wir sind keine Familie«, schiebe ich hinterher, weil sie noch immer nicht lockerlassen will.

Mum und Lucas sind die einzigen, die mich vermutlich zum Bleiben überreden könnten. Aber ich muss gehen, sonst würden mich die Erinnerungen an die letzte Nacht, all die Schuldgefühle gegenüber Mike und irgendwie auch Annabelle und Thomas auffressen, bis nichts mehr von mir übrig ist als diese schreckliche Macht in meinem Inneren. Ich will die Finchleys nicht noch mehr in Gefahr bringen, bis ich nicht weiß, was mit mir los ist und wie ich diese dunkle Seite meines Selbst kontrollieren kann.

Draußen vor dem Fenster hat der Wind erneut zugenommen und drückt sich gegen die alten Scheiben, als wolle er zu mir kommen. Ob ich ihn hervorgerufen habe?

Meine Adoptivmutter scheint denselben Gedanken zu haben, denn sie steht auf und hebt ähnlich wie Lucas bei Annabelles Party die Arme in die Luft, um mir zu signalisieren, dass sie mir nichts tun wird.

»Beruhige dich. Du bist kein Monster, Schätzchen. Es gibt andere Menschen wie du, Menschen mit besonderen Fähigkeiten, Isa. Du bist ein Wunder«, sagt sie und ich frage mich, ob sie jetzt vollkommen übergeschnappt ist. Hat sie in den letzten Tagen wieder zu viel die Zukunft vorhergesagt? Ihr

Sohn liegt wegen mir, einer Fremden, im Krankenhaus, verdammt nochmal!

Mum wirft mir wieder einen dieser Blicke zu, der mir schon immer unangenehm gewesen ist. Als wäre ich etwas ganz Besonderes, ganz anders als ihre beiden eigenen Kinder. Etwas Besonderes mag ich vielleicht nicht sein, höchstens vielleicht besonders gefährlich, aber ich bin definitiv anders als Lucas oder Mike.

»Dann sind sie allesamt Monster. So wie ich«, entgegne ich und hänge mir den Rucksack mit den Büchern über die Schulter, während ich versuche, meine beiden Koffer aus der Tür zu bugsieren. Dabei fällt mein Blick auf den Rahmen, an dem Dad mein Wachstum über die Jahre hinweg verzeichnet hat. Wieso ist mir nie aufgefallen, dass es keine Striche für die Zeit vor meinem vierten Geburtstag gibt? Bei Mike haben sie damit angefangen, als er stehen konnte, und auch Lucas hat Einträge kurz nach seinem ersten Geburtstag. Ich habe mich nie gefragt, warum es bei mir anders ist …

Mum schiebt sich an mir und meinem Krempel vorbei und stellt sich mir mit verschränkten Armen in den Weg. »Isa, sie sind mächtige Hexen und du wirst eine von ihnen sein.«

Ich lasse die Koffer sinken, der Rucksack rutscht mir von der Schulter. Was?

»Erst das Institut, dann diese seltsame Adoption und jetzt auch noch Hexen? Seid ihr jetzt ganz übergeschnappt?«, stoße ich hervor und frage mich, welche Lügengeschichten sich Mum und Dad noch einfallen lassen, um mir nicht die Wahrheit erzählen zu müssen. Dass mich meine Eltern nicht gewollt haben oder sich vielleicht sogar vor mir und diesen beschissenen Kräften fürchten.

Mum schüttelt den Kopf und legt mir eine Hand an die Wange, so wie früher, wenn sie mir etwas besonders Wichtiges hat sagen wollen.

»Bald wird alles Sinn ergeben, das verspreche ich dir«, beteuert sie, doch ich weiß, dass es nichts als leere Worte sind. Sie wird mir nichts erzählen, nicht mehr als das, was ich sowieso schon weiß. Und das ist, gelinge gesagt, recht wenig. Auch aus Dad werde ich nicht mehr herausbekommen, dafür ist er dem Institut gegenüber zu loyal. Und auch Lucas kann ich vergessen, schließlich steckt er mit diesen beiden unter einer Decke. Na ja, er ist eben nicht mein echter Bruder.

»Weißt du, ich habe da so eine Theorie über dich…«, fährt Mum fort, ungeachtet dessen, dass ich mich am liebsten für immer in Luft auflösen würde. »Ich glaube, der Grund, warum wir nicht wissen dürfen, wer du wirklich bist, ist, dass du aus einer sehr mächtigen Hexenfamilie abstammst. Wer weiß, vielleicht wirst du ja sogar eines Tages ihre Königin«, sagt sie, was mir ein belustigtes Schnauben entlockt. Wahrscheinlich hat sie es in den letzten Tagen wirklich mit dem Wahrsagen übertrieben.

»Ich, Königin der Hexen? Bist du jetzt vollkommen verrückt geworden?«, lache ich. »Ich werde mich nie kontrollieren können«, füge ich hinzu und das Lachen bleibt mir im Hals stecken. Mein Blick fällt auf den dunkelroten Fleck, den Mum halb verdeckt. Mit Schrecken denke ich an die letzten Stunden zurück, und an das, was ich getan habe.

»Auch das ist alles bloß eine Frage der Zeit, Isa.«

KAPITEL 21

Mein Rucksack fällt endgültig auf den Boden. Ich halte ihn nicht fest, weil ich viel zu sehr damit beschäftigt bin, gegen Tränen anzukämpfen. So habe ich mir meinen Geburtstag wirklich nicht vorgestellt!

»Das sagst du so leicht, aber du hast keine Ahnung, wie das ist. Ich werde diese Kräfte wirklich niemals beherrschen können. Sie sind viel zu wild und außer Kontrolle. Und selbst mit diesen Hexen, glaube ich nicht, dass es etwas bringen wird«, schluchze ich und schüttle den Kopf. Die Verzweiflung breitet sich wieder in mir aus, nistet sich in meiner Kehle ein und macht es mir beinahe unmöglich, zu atmen.

Ob sie mir überhaupt etwas beibringen würden, diese Hexen? Vielleicht sind meine leiblichen Eltern Ausgestoßene oder sie haben mich verstoßen, weil ich irgendwie verflucht bin und für alle Zeiten dazu verdammt sein werde, Menschen, die mir am Herzen liegen, zu verletzen.

In diesem Moment wird mir klar, dass ich eigentlich keinen anderen Ort kenne, an den ich hätte gehen können. All das Packen in der letzten halben Stunde ist vollkommen sinnlos gewesen. Was soll ich bloß tun? Ich kenne diese Hexen nicht, wüsste nicht einmal, wo ich nach ihnen suchen sollte, und ich glaube nicht, dass es eine gute Idee ist, zum Institut zurückzukehren.

»Ach, Isa, komm her. Das wird schon alles wieder«, sagt Mum und nimmt mich in ihre Arme. Draußen presst sich der Wind heulend gegen die Fensterscheiben, doch scheint sie das nicht zu stören.

»Es wird immer jemanden geben, der sich um dich kümmert und der dir zeigt, wie du deine Kräfte einsetzen kannst. Dafür ist das Institut nämlich unter anderem zuständig«, erklärt sie mir und plötzlich ist da eine Information mehr, mehr als ich in den letzten Jahren aus ihr oder Dad herausbekommen habe.

»Was meinst du damit?«, frage ich und schiebe sie von mir fort, um sie besser ansehen zu können. Sie zieht mich auf das Bett neben sich und scheint mir endlich Antworten geben zu wollen.

»Das Institut ist damit beauftragt, die Menschheit und die Nachtwesen gleichermaßen zu schützen, und das weltweit. Überall gibt es Schulen für Hexen wie dich, oder Begabte, die nur eine einzige besondere Fähigkeit haben, zum Beispiel die Zukunft zu sehen«, erklärt Mum und plötzlich macht ihre Fähigkeit irgendwie Sinn. »Die Lehrer dort kümmern sich um Schüler wie dich. Um verlorene Hexen, die ihren Weg erst finden müssen.«

Ich schlucke und versuche, mir vorzustellen, wie eine solche Schule aussehen könnte. Irgendwie bekomme ich es nicht in meinen Kopf, dass es noch mehr von meiner Art gibt. Noch mehr Zerstörer. Sogar so viele, dass es weltweit Schulen für sie gibt. Aber können sie uns wirklich Kontrolle lehren?

»Ich kenne die Schulleiterin von einer dieser Akademien. Sie ist eine gute Freundin und hat schon früher mit deinem Vater und mir zusammengearbeitet. Vielleicht kann sie dir weiterhelfen und dir zeigen, wie du deine Kräfte kontrollieren kannst«, fährt Mum fort und drückt mich fest an sich.

Also doch ein Abschied.

Kaum, dass sich ihre Arme um mich legen, versteift sich Mum, stößt ein leises Wimmern aus und schüttelt heftig den Kopf. Ein Zittern fährt durch ihren Körper und weckt eine altbekannte Sorge in mir. Ich habe sie ein paar Mal schon so gesehen, aber es ist selten, dass sich die Zukunft ihr aufzwingt. Normalerweise hat sie ihre Fähigkeiten so weit unter Kontrolle, dass sie bewusst das Schicksal anderer vorhersagen kann. Aber nicht heute. Nicht nach allem, was vorgefallen ist.

»Mum? Mum, was ist los?«, frage ich und schiebe sie von mir, um sie besser ansehen zu können. Gar nicht so leicht, weil ihre Arme sich wie Schraubstöcke um meinen Körper geschlossen haben. »Mum?«

Es dauert ein paar Sekunden, dann lässt das Zittern nach. Blitzschnell weicht sie von mir, als hätte sie sich an mir verbrannt, und blinzelt heftig.

»Was hast du gesehen?«, frage ich, weil es ohne Zweifel etwas mit mir zu tun haben muss. Solche zufälligen Visionen werden meist durch Kontakt mit einem Menschen oder einem bestimmten Ge-

155

genstand ausgelöst. Als Kind habe ich oft solche Visionen gehabt, meist nur ein einzelnes Bild, das sich in meinem Kopf eingenistet hat, oder ein Gefühl, das nicht mein eigenes gewesen ist. Irgendwann hat es endlich aufgehört, sodass ich nicht mehr befürchten muss, mich in der Öffentlichkeit lächerlich zu machen, wenn ich zusammenbreche oder wie eine Verrückte vor mich hin brabbele.

Mum saugt tief die Luft ein und schüttelt den Kopf.

»Nichts, Liebes. Es ist alles in Ordnung, Schatz«, flüstert sie und schaut sich verwirrt in meinem Zimmer um. Ihr Blick ist noch immer in die Ferne gerichtet, als hätte der Strom an Bildern aus der Zukunft noch nicht nachgelassen.

»Mum, tu doch nicht so! Ich weiß, dass du etwas gesehen hast«, entgegne ich in der Hoffnung, etwas aus ihr herauszubekommen. Sie ist nicht ohne Grund die gefragteste Wahrsagerin Londons. Obwohl sich die Zukunft mit jeder unserer Entscheidungen ändern kann, hat Mum ein Talent dafür, doch immer genau das zu sehen, was am Ende eintreten wird. Normalerweise teilt sie diese Einsichten gerne mit uns, aber aus irgendeinem Grund hält sie die Informationen heute zurück. Stattdessen macht sie sich von mir los und zupft am Reißverschluss meines Koffers herum.

»Codwyll …«, murmelt sie und reibt sich die Schläfen. Die Vision fordert bereits ihren Tribut. »White Oak. Ja, da wird man dir helfen.«

Verwirrt schüttle ich den Kopf. Was soll das denn bitte sein? Etwa eine dieser Schulen, von denen Mum mir erzählt hat?

156

»Natürlich, Morgaine wird sich um dich kümmern. Da bin ich mir sicher.« Mum hebt den Blick und setzt ein Lächeln auf, das mich ganz sicher aufheitern soll, aber ihr Blick ist noch immer besorgt. Was hat sie bloß gesehen?

»Wer zum Teufel ist Morgaine?«, frage ich, weil ich mich nicht erinnern kann, dass Mum je von ihr erzählt hat.

»Sie ist die Schulleiterin von White Oak, einer Schule für Hexen in Schottland«, erklärt Mum und stößt sich von der Wand ab, an der sie sich festgehalten hat. Taumelnd bewegt sie sich auf die Tür zu und ruft im Treppenhaus nach Dad, der weiter unten mit jemandem spricht, aber ich höre niemanden antworten. Wahrscheinlich telefoniert er mit Lucas, der sich endlich aus dem Krankenhaus meldet.

»Am besten machst du dich noch heute auf den Weg«, meint Mum mit einem Blick über die Schulter, als Dads Schritte auf der knarzenden Treppe laut werden. Sein Kopf erscheint aus dem unteren Stockwerk und ich sehe, wie er sein Handy wieder zurück in die Tasche seines Bademantels steckt.

Ich muss hier weg, das sehe ich ja ein, aber dass sie es jetzt selbst vorschlägt, versetzt meinem Herzen einen Stich. Was hat sie bloß gesehen, dass sie mich so plötzlich loswerden will?

Ich hätte mir gewünscht, dass Mum mehr darum kämpft, mich hier zu behalten, aber wir beide wissen, dass das nicht geht. Nicht nach dem, was ich Mike angetan habe.

»Vielleicht findest du ja dort ein paar Antworten.«

KAPITEL 22

Es ist zwar alles andere als schön, mein Leben in London hinter mir lassen zu müssen, um herauszufinden, wer ich wirklich bin. Trotzdem muss ich es tun. Es ist die einzige Möglichkeit, um zu lernen, meine Kräfte zu beherrschen. Noch glaube ich ja nicht wirklich daran, dass diese Morgaine Paoli, von der Mum mir in Dads Anwesenheit erzählt, mir tatsächlich dabei helfen kann. Sie scheint allerdings meine einzige Chance zu sein, um Kontrolle zu lernen und keine weiteren Menschenleben in Gefahr zu bringen.

War ich vorhin noch entschlossen, das alles hinter mir zu lassen, Little Big Ben, Mum, Dad, Lucas und Mike, gerät diese Entscheidung nun ins Wanken. Erst jetzt wird mir so richtig bewusst, was ich damit aufgebe, was ich zurücklassen muss. In jeder Ecke unseres Hauses stecken so viele Erinnerungen, so viele Momente, die ich niemals vergessen werde, aber es ist nur zu ihrem Besten. Ich kann nicht zulassen, dass etwas wie vorhin mit Mike noch einmal passiert. Oder Schlimmeres …

Und trotzdem keimt langsam eine neue Angst in mir auf. Die Angst vor dem Unbekannten, vor den Hexen, vor der White Oak Akademie und meinem Schicksal dort. Was auch immer Mum gesehen hat, es nimmt sie ziemlich mit. Nicht nur, weil die Zukunft immer einen Preis von ihr fordert, sondern weil der Weg, der nun vor mir liegt, alles andere als leicht werden wird. Ich bin ein bisschen enttäuscht, dass sie mir ihre Vision vorenthält, schließlich kann ich alle Hilfe auf diesem ungewissen Weg vor mir gebrauchen. Manchmal ist es jedoch besser, nicht zu wissen, was einen erwartet.

Zusammen mit Mum packe ich meine letzten Sachen und räume das gröbste Chaos in meinem Zimmer weg, während Dad in seinem Arbeitszimmer eine Zugverbindung nach Codwyll raussucht, dem schottischen Dorf, an dessen Seeufer laut Mums Erzählung diese Hexenakademie liegt.

„Ich lass dir kurz einen Moment, damit du dich verabschieden kannst", murmelt Mum, als wir alles in meinen Koffern und dem Rucksack verstaut haben. Von der Unordnung, die ich angerichtet habe, ist kaum mehr etwas zu erkennen. Nur der Mülleimer quillt beinahe über mit all den Scherben und den wenigen kaputten Büchern, die sich nicht mehr retten lassen.

Ich nicke und blicke mich im Zimmer um, beobachte Mum, wie sie den riesigen Rosmarinstrauch hochhebt, um ihn später umzupflanzen. Sein Topf ist in der Nacht zu Bruch gegangen.

Weil sie die Tür offenlässt, höre ich, wie sie leise unten mit Dad spricht, aber sie sind zu weit weg, als dass ich sie hätte verstehen können. Also schließe ich sie hinter mir, um mich in Ruhe von meinem alten Zuhause zu verabschieden und für die Reise nach Schottland fertig zu machen. Noch trage ich meinen Schlafanzug, aber auf meinem Bürostuhl liegen bereits Klamotten für die Zugfahrt bereit. Ich schlucke, als ich über den Pullover streiche, den Mum mir im letzten Jahr zu Weihnachten gestrickt hat. Die Wolle ist noch immer genauso weich wie am ersten Tag und duftet nach ihrem Lieblingsweichspüler.

Ich brauche eine ganze Weile, bis ich mich endlich überwunden habe, mein Zimmer zu verlassen. Tränen brennen mir auf dem Weg nach unten in den Augen, aber ich blinzele sie weg. Es würde den Abschied nur noch schwerer für Mum machen. Dad wartet bereits mit meinem Gepäck im Hausgang, deutet allerdings auf die Kellertreppe, als ich mich nach Mum umblicke.

„Mach es kurz, Isa", rät er mir und ich nicke, auch wenn ich am liebsten noch viel länger geblieben wäre.

Mit der Jacke in der Hand mache ich mich ein letztes Mal auf den Weg nach unten in Mums alten Tarot-Raum, der fast zur Hälfte mit Boxen aus Granny Sues altem Apartment vollgestellt ist. Mum steht vor dem Wandregal, in dem sie allerhand magischen Plunder sammelt. Bücher, kleine Statuen, Kristalle, unzähligen Kartendecks und Granny Sues Kristallkugelsammlung.

Als sie mich kommen hört, dreht sich Mum um und drückt mir einige Bücher aus ihrem Regal randvoll mit Wissen zur Wahrsagerei in die Hand. In der anderen hält sie eine kleine hölzerne Kiste, die mit Stroh ausgelegt ist, und legt eine Kristallkugel hinein, die ich als Kind immer besonders schön gefunden habe. Das Glas der Kugel ist leicht bläulich und steht auf einem Sockel aus Silber, der wie Blätter geformt ist. Früher habe ich Stunden damit zugebracht, sie einfach nur anzustarren, bevor ich wirklich verstanden habe, wie man sie benutzt.

»Das kann ich nicht annehmen. Sie ist viel zu wertvoll«, sage ich, als sie mir die Kiste reicht.

Mum schüttelt bloß den Kopf und lächelt mich an: »Du bist wertvoll. Und ich möchte, dass du sie mitnimmst. So erinnerst du dich an all das, was Granny Sue und ich dir in den letzten Jahren beigebracht haben.«

Ein letztes Mal legt sie mir die Arme um die Schultern und haucht mir einen Kuss aufs Haar, ehe sie mich auf die Tür zuschiebt und wir gemeinsam nach oben gehen.

»Und du bist dir sicher?«, fragt Dad, als er uns kommen hört und hebt den Blick von einem ausgedruckten Fahrplan. Er schaut zwischen mir und Mum hin und her, die Augen dunkel vor Traurigkeit, aber überrascht wirkt er nicht.

Wieder flackert die Wut in mir auf. Sie hatten vierzehn Jahre, um sich darauf vorzubereiten. Alles, was ich bekomme, sind ein paar Stunden an diesem regnerischen Morgen. Aber was hätten sie mir schon sagen sollen? Mehr als das, was ich jetzt weiß, hätten sie mir auch nicht erklären können. Schon allein wegen dem Institut nicht. Und damit ist die Wut verschwunden.

Mum und ich nicken und wieder kämpfe ich mit den Tränen. Es ist das erste Mal, dass ich für längere Zeit, vielleicht sogar für immer, von ihnen getrennt sein werde.

»Lucas hat gerade angerufen«, sagt Dad und klopft auf seine Jackentasche. »Mike hat alles gut überstanden. Anscheinend ist es nur eine leichte Kopfverletzung.«

Eine ungemeine Erleichterung durchflutet mich, die ich kaum mit Worten beschreiben kann. Diese Nachricht macht es mir leichter, das alles hier hinter mir zu lassen. Jetzt weiß ich wenigstens, dass mein kleiner Bruder in Ordnung ist und keine bleibenden Schäden behält. Oder seinen letzten Atemzug tut.

»Ich wünschte, du könntest noch bei uns bleiben, aber ich glaube es ist für dich am besten, wenn du jetzt nach Codwyll gehst. Dort werden sie dir besser helfen können, als wir es jemals könnten. Wir mögen vielleicht die Zukunft sehen oder Nachtwesen erkennen können, wenn sie vor uns stehen, aber wir haben keine Ahnung von der Zauberkraft der Hexen«, sagt Dad und schließt mich fest in seine Arme. Tief atme ich ein, sauge den Geruch von Zigarren und Sandelholz in mich ein, der ihn immer umgibt. Ich versuche mir jede einzelne Nuance einzuprägen, damit ich mich in den dunklen Stunden, die vor mir liegen, daran erinnern kann.

»Wir werden dich schrecklich vermissen, Isa. Wir haben zwar immer gewusst, dass dieser Zeitpunkt früher oder später kommen wird, aber es ist trotzdem schwer, dich gehen zu lassen«, flüstert er mir zu und haucht einen Kuss auf meinen Scheitel.

Ich löse mich ein Stück von ihm und atme tief durch. Heiße Tränen laufen mir über die Wangen, während draußen wieder Regen gegen die Fensterscheiben trommelt. Ich kann sie nicht länger zurückhalten, habe nicht mehr die Kraft dazu, da mir die letzten Stunden alles abverlangt haben.

Ich werde sie auch alle vermissen, auch wenn wir nicht mehr die Familie sind, die wir gestern noch gewesen sind. Auch wenn wir nicht miteinander verwandt sind, bedeuten mir diese vier Menschen doch die Welt. Sie sind für mich da gewesen, als niemand sonst sich um mich geschert hat. Nicht einmal meine leiblichen Eltern, wie es scheint. Und diese Tatsache lässt das letzte bisschen Wut verrauchen, das ich für Mum, Dad und sogar Lucas empfunden habe. Sie haben mich akzeptiert, mich geliebt, und dafür bin ich ihnen dankbar.

»Du kannst jederzeit zu uns zurückkommen, Isa. Hier hast du immer ein Zuhause. Hörst du? Und ruf an, wann immer du jemanden zum Reden brauchst!«, sagt Mum und schließt nun ebenfalls ihre Arme um mich. Ihr rinnen Tränen die Wangen herunter und ich glaube sogar, Dad weinen zu sehen. Sonst hält er sich eher mit den Gefühlen zurück, aber wir spüren wohl, dass diese Trennung durchaus länger anhalten könnte, als uns allen lieb ist.

Eine Weile bleiben wir so stehen, halten uns aneinander fest. Ich weiß, dass es nicht einfach sein wird, diese Kräfte zu kontrollieren. Vielleicht wird es mir alles abverlangen, was ich habe. Es könnte mich sogar mein Leben kosten, aber wenn es bedeutet, dass ich keine weiteren Menschen um mich herum in Gefahr bringe, nehme ich diese Bürde gerne auf mich. Ich muss lernen, diese Macht zu kontrollieren. Nur so sind die Menschen, die ich liebe, tatsächlich in Sicherheit. Und Codwyll ist der Ort, der noch am vielversprechendsten für dieses Unterfangen klingt. Allemal besser als dieses verdammte Institut!

Also lasse ich meine Familie hinter mir, mein gesamtes Leben, ja, sogar meinen Traumstudienplatz, nur um diese unberechenbare Variable in meinem Leben unter Kontrolle zu bekommen. Und es tut so weh, so verdammt weh! Als hätte der Sturm nicht bloß die Wohnzimmerfenster zertrümmert, sondern auch mein Herz.

»Na komm, ich bringe dich zum Bahnhof. Ich wünschte nur, du könntest noch etwas länger bleiben«, sagt Dad und tatsächlich sammeln sich Tränen in seinen Augen. Nie hätte ich geglaubt, dass er einmal wegen mir weinen würde. Aber da sind sie, laufen ihm über die Wangen, und bleiben schließlich in seinem dichten grauen Bart hängen, der von Tag zu Tag weißer wird. Mike nennt ihn manchmal hinter seinem Rücken Weihnachtsmann Junior, was mich in diesem Moment ein bisschen aufheitert.

Ich löse mich von Mum und Dad, um ihnen besser in die Augen blicken zu können. Sie sollen sehen, dass ich sie für ihre Geheimhaltung nicht hasse. Dass ich ihnen nichts nachtragen werde, auch wenn es Zeit brauchen wird, mit der Wahrheit umzugehen.

»Ich auch, aber ich muss jetzt gehen.« Um sie ein bisschen zu beruhigen, bringe ich sogar ein Lächeln zustande und klopfe ihnen auf die Schultern, ehe ich meine Tasche schultere und die Tür öffne. Dad folgt mir mit den Koffern und lässt Mum im Flur zurück.

»Ruh' dich aus, Schatz! Ich kümmere mich schon um unsere Isa«, ruft er ihr von der Treppe hinunter in den Vorgarten zu, wobei mir nicht entgeht, wie besorgt er ist.

»Hat sie irgendetwas über ihre Vision gesagt?«, fragt er, als ich ihm zum Auto folge, das auf der anderen Straßenseite geparkt ist.

»Nein, aber so wie sie reagiert hat, kann es nichts Gutes gewesen sein …«, entgegne ich und denke mit einem Schaudern an den Moment zurück, als sich Mum in unserer Umarmung völlig versteift hat. Was auch immer sie gesehen hat, ich bin mittlerweile froh, dass sie es mir nicht erzählt hat. Manchmal macht das Wissen um die eigene Zukunft das Leben nur noch schwerer. Und gerade jetzt, wo ich an meinem absoluten Tiefpunkt angekommen bin, kann ich das nicht gebrauchen.

KAPITEL 23

Im Bahnhof ist es noch ruhig. Kein Wunder, schließlich ist es noch nicht einmal fünf Uhr morgens. Zum Glück hat einer der Ticketschalter offen, weil uns die Automaten bei meinem Glück wieder im Stich gelassen haben. Nun, das ist nicht ganz richtig … Als ich mir ein Zugticket habe kaufen wollen, hat der Bildschirm kurz aufgeflackert, ehe der ganze Automat einfach ausgegangen ist.

»Merkwürdig«, ist Dads einziger Kommentar gewesen, ehe er zielsicher den Schalter angesteuert hat.

Der Kassier sieht nicht gerade begeistert aus, als er die Scheibe zum Sprechen öffnet und wir die Karte bestellen. Um genau zu sein, sieht er aus, wie ich mich fühle. Die Augen glasig und gerötet, die Lider halb geschlossen, als würde er jede Sekunde einschlafen, und eine Null-Bock-Einstellung, die ich ihm für diese Uhrzeit nicht übelnehme.

Als er hört, wo ich hin will, ist er aber plötzlich wie ausgewechselt.

»Codwyll? Was wollen Sie denn da? Da liegt doch der Hund begraben«, sagt er und hört sich dabei fast so an, als spräche er aus Erfahrung. Sein Blick ist mit einem Mal hellwach, während er mich und Dad von oben bis unten mustert. Seine Reaktion irritiert mich. Was geht ihn das denn an? Aber bevor ich etwas Unüberlegtes sagen kann, meine größte Stärke, kommt Dad mir zuvor: »Ich glaube, da irren Sie sich, junger Mann.«

Der Kassier macht große Augen, stellt mir aber ohne Murren mein Zugticket aus.

»Sie haben Glück, in 'ner halben Stunde geht's los. Gleis drei«, nuschelt er, knallt mir das Ticket vor die Nase und reißt mir förmlich das Geld aus der Hand. Warum hat er es denn plötzlich so eilig? Kaum hat er uns das Wechselgeld gegeben, zieht er sein Handy hervor und beginnt, wie ein Verrückter darauf herumzutippen.

Dad zieht mich und das Gepäck weg, ehe ich den Kassier zur Rede stellen kann. Etwas in Dads Blick sagt mir, dass ich leise sein soll. Aber wieso? Was ist hier los?

Antworten werde ich wohl erst in Codwyll bekommen. So sehr ich auch versuche, Dad zum Reden zu bringen, während wir an Gleis drei auf den Zug warten, bekomme ich nichts aus ihm heraus. Er ist einfach zu gut darin. Wahrscheinlich gibt es im Institut ein spezielles Training für Geheimniskrämerei. Ob Lucas da auch durchmusste?

Als der Zug dann einfährt und die Halle für einen Moment vom schrillen Quietschen der Bremsen erfüllt ist, schwappt wieder eine Welle der Traurigkeit über mich hinweg. Jetzt ist wirklich die Zeit des Abschieds gekommen. Nicht nur von Dad, sondern von meinem gesamten Leben hier in London und der Zukunft, die ich in Oxford geplant habe. Nicht, dass es nach meinem kleinen Auftritt bei Annabelles Party noch jemanden

167

außer meiner Familie gegeben hätte, der sich für mich interessiert.

Dad hilft mir, meine Taschen in den Zug zu bugsieren, der mit grellen Graffitis beschmiert ist, und löst sich erst von mir, als das Pfeifen des Schaffners draußen auf dem Gleis erklingt. Gerade im letzten Moment, bevor sich die Türen schließen können, springt Dad aus dem Zug und stellt sich am Bahnsteig vor mein Fenster, um mir zu winken, während ich in ein neues Leben aufbreche und die Angst in meinem Inneren immer größer wird.

Als wir aus der Stadt rauskommen und uns Richtung Norden bewegen, nimmt der Regen noch weiter zu. Mittlerweile bin ich mir nicht so sicher, ob es nicht doch an mir liegt, an meiner eigenen Traurigkeit, dass der Himmel für mich weint. Von London aus ist es ein ganzes Stück bis nach Codwyll, sodass die Sonne längst den Zenit überschritten hat, als ich dort alleine aus dem Zug steige. Die Verbindung hierher ist alles andere als gut gewesen. Was sich erst so angehört hat, als könnte ich mich in den Zug setzen und durchfahren, hat sich mit einem zweiten Blick auf die Tickets als reiner Albtraum aus Umstiegen entpuppt. Mit all den Taschen ist es wirklich alles andere als leicht gewesen, aber es haben an den meisten Umstiegsbahnhöfen einige freundliche Schaffner gearbeitet, die mir geholfen haben. Das bin ich von London gar nicht gewöhnt, aber je weiter man sich ins Nirgendwo begibt, umso freundlicher sind die Menschen offenbar.

Der Bahnhof von Codwyll ist selbst um die Mittagszeit vollkommen verlassen, im Gegensatz zu London, wo bereits in den frühen Morgenstunden einige Fahrgäste unterwegs gewesen sind. Es ist ein Bahnhof wie jeder andere, etwas heruntergekommen und einige Schmierereien an den Wänden. Man wäre niemals auf die Idee gekommen, dass sich in dieser Stadt eine Schule für Hexen befinden soll. Okay, mal abgesehen von einem gigantischen aufgesprühten Pentagramm an der Ausgangstür.

Die Normalität hält jedoch nur innerhalb des Bahnhofs an. Kaum trete ich hinaus auf den Vorplatz, wird mir klar, dass diese Stadt voller Magie ist. Schon um den Bahnhof herum haben sich kleine Geschäfte angesammelt, die alle irgendetwas mit Zauberei zu tun haben. Ein Kräuterladen hier, ein Laden für Kristalle dort. Sogar eine Wahrsagerin sehe ich, die allerdings nur aus der Hand liest, keine Karten legt, wie Mum oder ich, oder in Kristallkugeln blickt wie Granny Sue.

Anfängerin, denke ich und muss dabei an meine Mutter denken, die all die Disziplin der Wahrsagerei beherrscht. Mum hat wirklich ein Talent dafür und das muss das Institut gemerkt haben. Wie sonst soll sie in dessen Dienste gekommen sein? Ob sie auch eine dieser Begabten ist, die sie bei unserem Gespräch heute Nacht erwähnt hat?

Ich seufze und schüttle den Kopf. Das alles gehört der Vergangenheit an. Ich werde sowieso keine Antworten auf diese Fragen bekommen. Erst wenn ich einen dieser Instituts-Futzis in die Finger bekomme. Und selbst dann wird es nicht leicht werden, ihnen Informationen zu entlocken.

Wahrscheinlich haben sie ein längeres Geheimniskrämerei-Training durchlaufen als Mum oder Dad. Nein, das alles muss ich fürs Erste ruhen lassen, wenn ich lernen will, mich zu kontrollieren. Allein darauf sollte mein Fokus liegen, so sehr ich alle Finchleys auch vermisse. Vor allem Mike mit seinen Streichen. Ich könnte jetzt wirklich einen seiner blöden Scherze brauchen, um die Angst, die sich mittlerweile wie ein Geschwür in mir eingenistet hat, loszuwerden.

Mit klopfendem Herzen packe ich die Griffe meiner Koffer und laufe los, meinem neuen Leben als Hexe entgegen.

KAPITEL 24

Ich rolle meine beiden Koffer bis zur Straße und schaue mich um. Ich habe keine Ahnung, wo diese White Oak Akademie liegen soll, oder wie weit es bis dorthin ist. Wenn ich mir diese kleine Stadt so anschaue, kann ich mir vorstellen, dass die Schule etwas außerhalb liegt. Na, ganz toll! Und weit und breit ist niemand zu finden, den ich nach dem Weg oder um Hilfe fragen könnte. Die Stadt, die eigentlich mehr ein Dorf ist, ist wie ausgestorben. Codwyll ist so klein, dass überhaupt niemand im Bahnhof gewesen ist. Mit mir ist auch niemand ausgestiegen und so stehe ich nun allein im Regen und weiß nicht so recht, was ich mit mir und den Koffern anfangen soll. Vielleicht hat eines der Geschäfte offen ...

Ich will gerade die Straße überqueren, als ein klappriges Taxi vor mir hält. Der Lack ist an vielen Stellen schon abgeplatzt und der Rest des Wagens verschwindet unter einer dichten Schlammschicht. Nicht gerade sehr vertrauenerweckend ...

»Kann ich Ihnen weiterhelfen, *lass*?«, fragt der Fahrer mit starkem schottischem Akzent durch die geöffnete Scheibe und schenkt mir ein freundliches Lächeln. Mal abgesehen von dem katastrophalen Zustand des Wagens, scheint dessen Fahrer recht nett zu sein. Vielleicht ist es tatsächlich die richtige Entscheidung gewesen, hierher zu kommen. Vielleicht ist der Typ ja sogar wie ich.

»Ja, sehr gerne. Ich muss zur White Oak Akademie. Wissen Sie zufällig, wie ich dahin komme?«, frage ich und hoffe, dass er mich dorthin bringen kann.

Sofort ist das Lächeln des Mannes verschwunden. »White Oak, aye?«, macht er und scheint auf eine Bestätigung von mir zu warten.

Ich nicke.

»Das ist ein bisschen weit zum Laufen, vor allem mit zwei Koffern«, sagt er, und steigt aus. Er öffnet den Kofferraum für mich, hilft mir allerdings nicht, mein Gepäck einzuladen. Hm, anscheinend habe ich mich getäuscht. Ich weiß nicht, was ich von seinem seltsamen Verhalten erwarten soll, bin mir sicher, dass es irgendetwas mit meinem Zielort zu tun hat. Allein die Erwähnung der Akademie hat seine Laune erheblich ins Wanken gebracht.

»Was wissen Sie über diese Schule?«, frage ich, als ich mich auf dem Rücksitz niederlasse. Er ist ziemlich durchgesessen und unbequem, aber so weit müssen wir hoffentlich nicht fahren.

Der Taxifahrer wirft mir über den Rückspiegel einen finsteren Blick zu. Ein Rosenkranz baumelt daran und klappert leise, als er den Motor startet und ein Stück nach vorne ruckelt.

»Nur, dass nichts Gutes von dort kommt«, sagt er mürrisch und drückt das Gaspedal durch, sodass ich nach vorne geschleudert werde. Ich habe mich ja noch gar nicht anschnallen können.

Offenbar hat dieser Mann etwas gegen die Schule. Vielleicht sogar gegen Leute wie mich, die White Oak besuchen. So viele zaubereilastige Geschäfte es hier auch gibt, werde ich das Gefühl nicht los, dass einige der Bewohner Codwylls alles andere als freundlich gegenüber der magischen Bevölkerung dieser Stadt sind. Dieser Taxifahrer ganz besonders. Ob er einer dieser Religionsfanatiker ist, der alle Hexen für Teufelsanbeterinnen hält?

Ich spüre seinen finsteren Blick über den Rückspiegel immer wieder auf mir, während er uns durch die Gässchen der verschlafenen Stadt manövriert und schließlich auf einen See zuhält, der etwas dahinter liegt. Von meinem Platz aus wirkt das Wasser flach und schwarz wie eine riesige Scheibe aus Obsidian. Wieder bin ich an Mum erinnert, die in ihrer Sammlung auch einige geschwärzte Spiegel hat, die sorgfältig abgedeckt in unserem Keller lagern. Bei dem Gedanken an Mum überrollt mich wieder meine Traurigkeit. Der Abschiedsschmerz sitzt tief und ich bereue es mittlerweile, mich nicht von den Jungs verabschiedet zu haben. Aber nun bin ich hier und es gibt kein Zurück mehr. Außerdem hat Mum doch gesagt, dass ich jederzeit anrufen kann. Wahrscheinlich werde ich viel früher, als gedacht, auf dieses Angebot zurückkommen. So wirklich gastfreundlich ist es hier in Codwyll bisher nicht.

Aber wenn mein Fahrer mich weiter so lange im Spiegel betrachtet, werde ich wohl nie mehr aus diesem klappernden Etwas herauskommen, zumindest nicht lebendig. Mir wäre es lieber, wenn er etwas mehr auf die Straße als auf mich achten würde. Aber um es mir mit ihm nicht zu verscherzen, beiße ich die Zähne zusammen und tue so, als würde ich die Blicke nicht bemerken. Was auch immer in ihm vorgeht, er sagt kein Wort mehr.

Als er schließlich vor einem schmiedeeisernen Tor anhält und wieder aussteigt, um den Kofferraum zu öffnen, weiß ich, dass wir da sind. White Oak liegt vor uns, auch wenn ich bis auf das Tor gerade nicht mehr sehen kann. Gestrüpp und Nebel versperren mir die Sicht auf mein neues Zuhause. Nun, sofern mich diese Morgaine Paoli bei sich aufnimmt …
Ich folge dem Taxifahrer hinaus auf die Schotterstraße und nehme mein Gepäck entgegen. Ich bezahle ihn, gebe aber kein Trinkgeld, weil er bei der bloßen Erwähnung von White Oak plötzlich so unfreundlich geworden ist. Als er wegfährt, bin ich froh, ihn losgeworden zu sein, und frage mich, ob die zehn Pfund, die ich gerade für die Taxifahrt ausgegeben habe, wirklich nötig gewesen sind. Kommt mir für diese Gegend etwas überteuert vor, aber wahrscheinlich nutzt hier kaum einer seine Dienste. Das würde auch den Zustand des Wagens erklären.

Schulterzuckend wende ich mich meinem Gepäck zu und ziehe die Henkel meiner Koffer aus, um auch das letzte Stück zwischen mir und White Oak zu überwinden. Ich drehe mich wieder zum Tor um, und da sehe ich sie zum allererstem Mal. Die Akademie, auf der ich lernen soll, wie ich meine Magie kontrollieren kann. Und der Anblick raubt mir den Atem.

Es ist ein uraltes Gebäude, das einige hundert Meter weiter von mir entfernt auf einer kleinen In-

174

sel mitten auf dem schwarzen Spiegelsee liegt. Eine steinerne Brücke verbindet sie mit dem Festland. Der Zugang zu White Oak wird durch das Tor und die steinerne Mauer, die das Ufer in der Nähe der Insel abschirmt, getrennt. Ich fürchte, dass das Tor bereits verriegelt ist und ich nicht hinein komme, doch als ich mich dagegen lehne, schwingt es mit einem leichten Quietschen auf. Mit klopfendem Herzen ziehe ich meine beiden schweren Koffer über die Steinbrücke, die mit Moos und Gras bewachsen ist und so aussieht, als gehöre sie in ein Märchen und nicht hierher in die Realität.

Aber ganz ehrlich: Hexen und anders magisch begabte Wesen, Nachtwesen, wie meine Eltern sie genannt haben, existieren für mich auch nur in Märchen. Und plötzlich bin ich eine von ihnen.

Eine Hexe.

Innerhalb weniger Stunden hat sich mein gesamtes Leben geändert. Nie hätte ich gedacht, dass ich einmal an einem solchen Ort enden würde. Fast komme ich mir vor, als hätten mich Mum und Dad an eine Schule für Schwererziehbare geschickt. Und im Prinzip ist White Oak nichts anderes. Nur dass eben Magie im Spiel ist, die sich nicht so leicht kontrollieren lässt.

Beim Überqueren schlägt mir der modrige Geruch des Sees entgegen, der mich in gewisser Weise an die Themse und damit auch an Zuhause erinnert. Ob Lucas mit Mike schon aus dem Krankenhaus zurück ist?

Ich halte inne und blicke mich um, um mein neues Zuhause und die nähere Umgebung zu betrachten. Hinter mir liegt das Eisentor und die

Straße zurück nach Codwyll, vor mir die Akademie, als wäre sie aus einem Penny Dreadful, einem Groschenheft mit Schauergeschichten, entsprungen. Als Kind habe ich davon einen Karton auf unserem Dachboden gefunden und Stunden damit zugebracht, mir die alten, gruseligen Anwesen und ihre Geister und Monster vorzustellen.

Rings um den See ist nichts als Wald zu sehen, der hinter der Akademie langsam in Berge übergeht. Auf einem davon kann ich in dem Nebel und Nieselregen gerade noch so eine Burg entdecken, die selbst auf die Entfernung weit größer wirkt als White Oak.

In diesem Moment komme ich mir vor, als wäre ich geradewegs in ein Buch spaziert. Nicht nur wegen der magischen Fähigkeiten und der Akademie, sondern vor allem, weil ich eine solche Szenerie einfach nicht gewohnt bin. Mein ganzes Leben habe ich in London verbracht, hin und wieder ein paar Ausflüge an die Küste unternommen und später auch Granny Sue in ihrem kornischen Altersheim besucht. Aber ein Ausblick, wie er sich mir hier auftut, habe ich noch nie mit eigenen Augen gesehen, nur im Fernsehen, aber das ist etwas ganz anderes, als es selbst zu erleben.

Ich sauge die frische Luft tief ein, lausche dem sanften Platschen des Wassers, ehe ich all meinen Mut zusammennehme und das letzte Stück zur Akademie überwinde.

Auf die Brücke folgt ein kleiner Innenhof, über den man durch ein großes Portal ins Innere der Akademie gelangt, glaube ich jedenfalls. Über dem Zugang zur Schule prangt ein schneeweißer

Stein, der sich deutlich vom schwarzen mit Moos und Flechten übersäten Mauerwerk absetzt. Wenn ich die Augen zusammenkneife, erkenne ich einen Baum und zwei Stierköpfe darauf, die aus leeren Augen auf mich herunterblicken. Es gibt keine Klingel. Warum auch? Das Gebäude ist schließlich älter, als ich mir wahrscheinlich vorstellen kann. Aber eine alte rostige Glocke hängt neben dem Portal, sodass ich wenigstens irgendwie auf mich aufmerksam machen kann. Als ich daran ziehe, dauert es nicht lange, bis sich die Tür einen Spalt breit öffnet und den Blick auf eine alte gekrümmte Frau freigibt. In den Händen hält sie ein Lederbuch und zieht sich die Brille vom Kopf auf die Nase.

»Name, bitte«, verlangt sie und tippt ungeduldig auf das in Leder gebundene Buch.

»Eloisa Finchley«, sage ich, weil ich nicht weiß, wie ich tatsächlich heiße. Meine Eltern haben es auch nicht gewusst. Nur das Institut scheint darüber Informationen zu haben, die unter Verschluss gehalten werden.

Die Frau an der Tür schlägt das große Buch auf, auf dessen Rücken in goldenen Lettern Wayward Witches, verlorene Hexen, aufgedruckt ist. Mit den runzeligen Fingern fährt sie Register mit Namen ab. Ich fühle mich ehrlicherweise ein bisschen verloren, während sie durch die vergilbten Seiten blättert und schließlich den Kopf schüttelt. Mit einem lauten Klatschen schlägt sie das Buch zu und hebt den Blick.

»Da bist du hier falsch, Mädchen«, sagt sie und noch bevor ich irgendetwas erwidern kann, hat sie mir die Tür vor der Nase zugeschlagen. Mit einem lauten Krachen fällt sie ins Schloss und nimmt mir meine letzte Hoffnung, doch noch irgendwie heil aus dieser ganzen Sache herauszukommen. So viel zu den Antworten, die ich laut Mums Worten hier finden soll.

KAPITEL 25

Das kann doch bloß ein schlechter Scherz sein! Vielleicht machen die das mit allen Neulingen, sobald sie in White Oak landen. Aber die Tür bleibt verschlossen, während der Regen langsam die Koffer und mein restliches Gepäck durchnässt. Ich läute nochmal die Glocke, weil ich mir einfach nicht vorstellen kann, dass es das gewesen sein soll. Wieder dauert es eine Weile, bis die kleine buckelige Frau in der Tür erscheint, diesmal ohne Buch.

»Hast du was auf den Ohren? Ich habe doch schon gesagt, dass du nicht hierhergehörst«, blafft sie und verschränkt die Arme vor der Brust. »Du stehst für heute nicht im Buch und auch nicht für die nächsten Wochen, also muss ich dich bitten, zu gehen.«

Sie will mir gerade wieder die Tür vor der Nase zuschlagen, aber ich fange sie auf und stelle mich dazwischen.

»Sie wollen mir doch nicht ernsthaft weismachen, dass Sie nur Leute aufnehmen, die in irgendeinem Buch stehen, oder?«

»Das ist nicht *irgendein Buch*, Mädchen. Hier stehen alle verlorenen Hexen drin, die jemals ihren Weg zu uns finden werden. Ein magisches Buch und so sind nun mal die Regeln. Und jetzt verschwinde!«, faucht die Frau und drückt die Tür mit einer solchen Kraft zu, dass ich nicht anders kann, als zurückzuweichen, wenn ich nicht alle Finger verlieren will. Wieder fällt die Tür ins Schloss. Ich bin mir sicher, dass sie sich nicht noch einmal öffnen wird.

Auch hier bin ich nicht willkommen. Nicht zu Hause, nicht in White Oak, aber wo sonst? Das altbekannte Gefühl der Hilflosigkeit durchfließt mich wieder und macht jegliche Hoffnungen zunichte, doch noch einen Ort zu finden, an dem man mich trotz meiner tödlichen Kräfte aufnimmt. Vielleicht sollte ich, statt die Brücke zu überqueren und nach Codwyll zurückzukehren, gleich in den See hinauswaten und dem ganzen Elend ein Ende setzen.

Doch so sehr mich die Verzweiflung auch in ihren Krallen gefangen hält, existiert in meinem Inneren noch ein winziger Funke Hoffnung. Und der entzündet meinen Überlebenswillen, dass ich zumindest in nächster Zeit nichts versuchen werde, was auch nur im Entferntesten mit Ertränken zu tun hat.

Weil der Regen nicht nachlassen will, beschließe ich, mich in ein nahegelegenes Café zurückzuziehen, das ich auf meinem Weg hierher gesehen habe. Zumindest bis ich mir einen neuen Plan zurechtgelegt habe. Vielleicht habe ich dort auch Empfang, um Mum anzurufen. Hier draußen zeigt mir mein Handy allerdings keinen einzigen Balken an. Versuchen kann man es ja mal und das Café hat relativ gemütlich und preiswert ausgesehen. Dort werde ich überlegen, was ich tun soll, und endlich aus dieser verdammten Kälte herauskommen.

Nach Hause kann ich nicht, weil meine Familie erwartet, dass ich lerne, mit meinen Kräften umzugehen. Außerdem will ich keinen von ihnen verletzen. Auch in White Oak kann ich nicht bleiben. Das hat diese kleine bucklige Frau nur allzu deutlich gemacht. Verzweifelt ziehe ich meine Koffer durch Schlamm und Matsch zurück auf die Schotterstraße voller Pfützen und Schlaglöcher, die mich zurück nach Codwyll führt. Vorhin ist mir der Weg von Codwyll nach White Oak gar nicht so lang vorgekommen, aber jetzt ohne Taxi und auf mich allein gestellt, scheint es Ewigkeiten zu dauern, bis ich das erste Haus in der Ferne überhaupt sehen kann. Ich bin jedenfalls bis auf die Knochen nass, mein Gepäck über und über mit Matsch besudelt. Kein schöner Anblick, das wird mir auch bewusst, als ich das Café im Zentrum des Dorfs erreiche und zum ersten Mal seit meiner Ankunft den Bewohnern Codwylls gegenüberstehe, wenn man den Taxifahrer nicht mitrechnet.

Als ich eintrete, ertönt ein schrilles Klingeln, das mich erschrocken zusammenfahren lässt. Ich beruhige mich allerdings ziemlich schnell wieder, als ich mir der Blicke der wenigen Gäste bewusstwerde. Schnell schaue ich mich in dem kleinen Raum um, wobei ein Schild über der Theke sofort meine Aufmerksamkeit erregt. In dicken handgeschriebenen Lettern verkündet es, dass Zauberei jeglicher Art hier strengstens verboten ist.

Schräger Humor, denke ich und lasse mich klatschnass wie ich bin an einem der Tische nieder. Draußen tobt der Sturm noch immer, sogar schlimmer, je länger ich in die dunklen Wolken starre.

»Hey! Hör' auf damit, oder du fliegst raus!«, motzt eine unfreundliche Stimme ganz in meiner Nähe.

Als ich den Kopf hebe, steht mir ein Kellner gegenüber, ein junger, ziemlich gutaussehender Mann, aber sein Tonfall lässt wirklich zu wünschen übrig. *Evan* steht auf seinem Namensschild. Ihm werde ich auch kein Trinkgeld geben, so viel steht fest.

»Das bin ich nicht«, sage ich, auch wenn ich mir da nicht so sicher bin. Außerdem muss ich mich vor dem Typen doch nicht rechtfertigen! Was weiß der schon von den Kräften, die in meinem Inneren verborgen liegen?

Der Kellner verschränkt wütend die Arme vor der Brust und nickt in Richtung des Schildes über der Theke.

»Entweder, du hörst auf mit dem Quatsch, oder du musst da wieder raus«, beharrt er, was mir ein leises Schnauben entlockt. Ich habe das Schild für einen Scherz gehalten, aber anscheinend versteht dieser Typ keinen Spaß.

»Also, was ist jetzt?«

Wieder steigt Wut in mir auf, die mich manchmal unglaublich bescheuerte Dinge tun lässt. Annabelle die Stirn zu bieten, obwohl ich es nicht sollte, oder einfach aufzustehen und aus dem Café wieder hinaus in den strömenden Regen zu treten.

»Sorry, aber mir ist der Appetit vergangen. Ich weiß mittlerweile, wenn ich nicht erwünscht bin«, knurre ich und dränge mich an *Evan*, dem unfreundlichen Kellner, vorbei. Dabei fahre ich ihm absichtlich mit einem meiner Koffer über den Fuß.

Hier ist ja sowieso nicht genug Platz, als dass ich mich entschuldigen müsste. Beim Hinausgehen halte ich den Kopf hoch erhoben, als hätte ich gerade den größten Triumph meines Lebens eingefahren, auch wenn dieses im Moment gerade alles andere als rosig aussieht.

Bevor ich den Ausgang erreiche, passiere ich einige Tische, die vollkommen leer sind, generell ist das Café fast wie ausgestorben. Doch gerade, als ich meine Hand nach dem Türknauf ausstrecken möchte, krallt sich jemand in meinen Arm. Und zieht mich zu sich an den nächstgelegenen Tisch.

KAPITEL 26

Erschrocken weiche ich zurück und reiße meine Hand los, wobei ich fast von der Sitzbank falle, auf die mich die Person mir gegenüber gezogen hat. Draußen schlägt irgendwo ein Blitz ein, was dem Kellner von gerade eben überhaupt nicht gefällt. Prompt steht er wieder neben uns, einen Zeigefinger erhoben, und deutet damit auf das Schild. Die Frau, die mich zu sich gezogen hat, bringt ihn mit einem Schnipsen zum Schweigen und zwingt ihn mit einer ähnlichen Bewegung ihres Zeigefingers in Richtung Theke zu gehen. Ich fasse nicht, was ich hier gerade gesehen habe. Dass er wirklich einfach so verschwindet.

»Und ich dachte Zaubern wäre hier verboten.«

Meine Sitznachbarin bricht in schallendes Gelächter aus, was ihr einen wütenden Blick von Kellner Evan einbringt, ihn aber trotzdem von uns fernhält. Ihre blonde Lockenpracht wippt dabei so stark, dass ein paar Strähnen in ihrem Kuchen landen. Daran scheint sie sich allerdings nicht zu stören.

»Morgaine Paoli, Schulleiterin von White Oak,«, stellt sich mir die Frau vor und wieder falle ich fast von meiner Sitzbank. Das ist doch der Name, den Mum mir genannt hat!

»Nach Ihnen habe ich gesucht«, schießt es aus mir hervor, was Mrs. Paoli wieder ein Lächeln entlockt. Kleine Fältchen bilden sich um ihre strahlend blauen Augen und allein der Anblick reicht, um zumindest einen großen Teil meiner Angst loszuwerden.

»Dann hast du mich jetzt gefunden, würde ich sagen«, sagt sie und lacht wieder, wobei die Ketten und Armbänder, die sie trägt, leise Klimpern.

Dass ich die Schulleiterin einer Hexenakademie ausgerechnet in einem scheinbaren Antihexencafé gefunden habe, überrascht mich. Sie muss meine Verwirrung bemerkt haben, denn sie zuckt bloß mit den Schultern. »Der Kirschkuchen hier ist einfach nicht zu schlagen, und selbst Schilder können mich nicht daran hindern, zu zaubern.«

Mrs. Paolis Antwort gefällt mir, auch wenn ich mir sicher bin, dass selbst sie mir nicht weiterhelfen kann. Die Selbstzweifel, mit denen ich schon mein ganzes Leben zu kämpfen habe, weiten sich nun auch auf die Kontrolle über meine Kräfte aus. Gerade jetzt wird mir Thomas' Abwesenheit schmerzlich bewusst. Immer wenn ich an meinen Texten und Geschichten gezweifelt habe, hat er mich aufgebaut und mir neuen Mut gemacht. Tja, das kann ich jetzt wohl vergessen …

»Und was macht so ein junges Ding wie du in unserer bescheidenen Kleinstadt?«, fragt Morgaine Paoli und mir entgeht nicht, dass sie mich von oben bis unten in all meiner durchnässten, verdreckten Herrlichkeit mustert.

»Eigentlich dachte ich, dass man hier verloren … ähm … Hexen aufnimmt«, murmele ich, und werde immer leiser, weil der unfreundliche Evan mit einem Tablett an uns vorbeiläuft. Er drängt sich regelrecht an unserem Tisch vorbei, auch wenn der Raum groß genug ist, dass er bequem an uns vorbeikommt.

»Und was hat deine Meinung geändert?«, fragt Mrs. Paoli etwas irritiert. Ob sie von diesem komischen Buch weiß, das nur die richtigen verlorenen Hexen ins Innere von White Oak lässt?

Hoffentlich ist sie damit nicht ganz so streng wie diese bucklige Frau an der Tür zu White Oak.

Ich gebe mein Bestes, um sie zu überzeugen, mich aufzunehmen und erzähle ihr von meiner Begegnung mit der unfreundlichen Dame, aber auch von all den Dingen, die in der letzten Nacht passiert sind. Mrs. Paoli ist schließlich die Schulleiterin. Und wenn sie erst einmal meine Verzweiflung sieht, was ja wohl mehr als offensichtlich ist, kann sie vielleicht ein Auge zudrücken.

»Und dann hat sie mir einfach die Tür vor der Nase zugeschlagen. Schon wieder«, schließe ich, was Mrs. Paoli ein genervtes Seufzen entlockt.

»Mrs. Crumple ist sehr streng, was die Regeln angeht. Dabei vergisst sie manchmal ganz gerne, dass wir *alle* verlorenen Hexen aufnehmen müssen, die sich bei uns melden. Auch die, die nicht im Buch stehen«, sagt sie, was meine Hoffnung wieder steigen lässt.

Mrs. Paoli schiebt die leere Tasse von sich und steht auf. Im Vergleich zum eher düsteren Codwyll ist sie in grelle Farben gekleidet, die meinen Eindruck von ihr nur verstärken. Sie ist einer dieser Menschen ... äh ... Hexen, die immer positiv bleiben und im Jetzt leben. Damit erinnert sie mich ein bisschen an Mum. Von ihrem Optimismus könnte ich echt eine Portion gebrauchen, aber wenigstens weist sie mich nicht ab wie die bucklige Mrs. Crumple.

»Komm, lass uns zurückgehen. Es sieht so aus, als könntest du etwas Schlaf gebrauchen«, sagt sie und schnappt sich einen meiner Koffer. Mrs. Paoli hat das Café verlassen, noch bevor ich darüber nachdenken kann, ob sie überhaupt bezahlt hat.

Ich nehme mein restliches Gepäck und folge ihr hinaus auf die vom Regen nasse Straße. Ein kleiner Bach, fast so hoch wie der Bordstein, fließt an der Straße entlang und reißt das erste Herbstlaub mit sich. Mrs. Paoli schnippt wieder mit den Fingern und keine Minute später sind die Regentropfen, die seit meinem ersten Ausbruch unablässig vom Himmel gefallen sind, verschwunden. Ein paar Sonnenstrahlen brechen durch die dichte Wolkendecke und fallen direkt auf die Schulleiterin vor mir. Mit ihren blonden Locken wirkt sie in diesem Moment fast wie ein Engel.

»Ich glaube, das sollte ich auch lernen«, sage ich mehr zu mir selbst, als zu ihr, aber Mrs. Paoli dreht sich wieder zu mir um und lächelt.

»Oh, das wirst du, meine Liebe.« Ihr Grinsen wird noch breiter und lässt die Hoffnung in mir wachsen. Vielleicht ist White Oak doch nicht so schlimm, wie ich bei meiner ersten Begegnung mit Mrs. Crumple befürchtet habe.

Ich habe angenommen, dass Mrs. Paoli mit dem Auto hier ist, aber sie schlägt denselben Weg ein, den ich mich vor knapp einer halben Stunde durch Matsch und Regen vorangekämpft habe. Sie zieht den Koffer ohne Mühe über den Schotterweg und steuert geübt um die vielen Schlaglöcher, die randvoll mit bräunlichem Regenwasser und modrigen Blättern sind. Ich dagegen stolpere mit meinem zweiten Koffer und dem Rucksack hinter ihr her und bin so unendlich glücklich, als das eiserne Tor vor uns auftaucht.

Endlich!

Statt zu läuten, wie ich vorhin, stößt Mrs. Paoli die Eingangstür zur Akademie einfach von selbst auf und tritt ins Innere des imposanten Steingebäudes. Habe ich vorhin nicht einen Schlüssel im Schloss gehört, bevor mir Mrs. Crumple die Tür geöffnet hat?

»Na, komm schon, Liebes. Wir beißen auch nicht«, ruft sie mir von der Eingangshalle aus zu. »Hm, vielleicht solltest du dich trotzdem vor ein paar von uns in Acht nehmen«, fügt sie leise hinzu, aber es reicht, um meine Nervosität an ihre Grenzen zu treiben, so schnell wie mein Herz rast. Von der Gänsehaut auf meinen Armen ganz zu schweigen. Das könnte allerdings auch daran liegen, das mir in den nassen Klamotten ziemlich kalt ist.

Ich folge der Schulleiterin, wobei sich ein Klos in meinem Hals bildet. Mit einem lauten Krachen schlägt die Tür hinter mir zu und lässt mich wie vorhin die Klingel im Café zusammenzucken.

»Ganz schön schreckhaft für eine Hexe«, höre ich Mrs. Paoli murmeln, bevor sie den Kopf schüttelt und wieder ihr herzliches Lächeln aufsetzt.

Ich beschließe, den Kommentar einfach zu überhören, ich bin nach dieser Nacht eh viel zu müde, und schaue mich im Inneren von White Oak um. Wir befinden uns in einer kleinen Eingangshalle, von der aus zwei Treppen auf eine Galerie führen. Von dort aus gehen einige Türen aus groben Holzbalken ins Innere des Schlosses ab. Hm, auf den ersten Blick wirkt es hier etwas spartanisch, aber damit kann ich leben. Vorausgesetzt, Mrs. Crumple schmeißt mich nicht wieder hochkant raus.

Und wo wir gerade vom Teufel sprechen …

»Schulleiterin, Sie sind schon wieder zurück?«, ertönt die raue Stimme der buckligen Frau, die im nächsten Moment um die Ecke biegt. Als Mrs. Crumple mich sieht bleibt sie abrupt stehen und verschränkt wieder die Arme vor der Brust.

»Was macht die denn hier? Ich hab' sie doch schon abgewiesen«, sagt sie und deutet mit einem ausgestreckten Zeigefinger direkt auf mich. Offenbar hat ihr noch niemand gesagt, dass das ziemlich unfreundlich ist.

»Das ist … Ähm, wie heißt du eigentlich, Liebes?«, fragt Schulleiterin Paoli und mustert mich von oben bis unten. Irgendetwas liegt in ihrem Blick, das mich stutzen lässt.

»Eloisa Finchley«, antwortet Mrs. Crumple für mich, was mir einen merkwürdigen Blick von Mrs. Paoli einbringt.

Was ist denn jetzt schon wieder los?

»Miss Finchley wird ab sofort diese Schule besuchen«, sagt die Schulleiterin in einem Tonfall, der deutlich macht, dass keine Widerrede akzeptiert wird. Mrs. Crumple ist allerdings sehr hartnäckig, wie es scheint.

»Sie steht nicht in dem Buch«, brummt sie und deutet auf ein kleines Tischchen, auf dem der dicke Lederband aufgeschlagen liegt. Daneben steht eine Vase mit welken Blumen, an denen sich Mrs. Crumple allerdings nicht zu stören scheint.

»Na und? Muss ich Sie daran erinnern, dass wir alle vom Weg abgekommenen Hexen bei uns aufnehmen müssen?«, entgegnet Mrs. Paoli mit einer solchen Autorität in der Stimme, die ich ihr nicht zugetraut hätte. Sie kann nicht älter als vierzig sein, wesentlich jünger als Mrs. Crumple selbst, die sicherlich schon über achtzig ist, den Falten in ihrem Gesicht nach zu urteilen. Vom Buckel mal ganz zu schweigen.

»Bringen Sie unsere neue Schülerin für den Rest des Tages in ein Gästezimmer unter, besser gleich für die ganze Nacht. Es ist schon zu spät, um sie in eines der Zimmer mit den anderen Mädchen zu bringen. Sie sollte sich besser ausruhen, sicherlich hat sie eine turbulente Zeit hinter sich«, weist Schulleiterin Paoli Mrs. Crumple an, als wäre ich gar nicht da.

Die alte Dame versucht zu protestieren, doch ein Blick von der Schulleiterin genügt, um sie verstummen zu lassen. »Na gut«, presst sie zwischen zusammengedrückten Zähnen hervor und bedeutet mir, ihr zu folgen.

»Willkommen an der White Oak Akademie, Eloisa Finchley!«, ruft mir Schulleiterin Paoli hinterher.

EPILOG

Aus dem 17. Grimoire der Morgaine Paoli, Schulleiterin von White Oak

Also entweder habe ich heute Morgen etwas zu viel von Isadoras neuen Kräuterräucherwerken eingeatmet, oder das ist gerade wirklich passiert … Eine neue Schülerin und dann noch jemand, der nicht in unserem Buch steht. Zumindest nicht unter diesem Namen: Eloisa Finchley …

Ich kann es nicht glauben, dass ich sie noch einmal sehe. Die ganze Zeit über habe ich gedacht, dass sie dasselbe Schicksal ereignet hat, wie ihre armen Eltern.

Ach, Bri, wenn du wüsstest, zu welch wunderbarer jungen Frau sie herangewachsen ist!

Und sie sieht ihr so ähnlich, dass es schon fast wehtut, sie länger zu betrachten.

Aber wie kann das sein? Wie kann sie leben, wenn doch jeder in der Nachtwelt glaubt, dass ihre Familie ausgelöscht worden ist?

Wie gut, dass sie jetzt hier ist. Vielleicht kann ich dann endlich herausfinden, was damals wirklich passiert ist.

NACHRICHT DER AUTORIN

Liebe Leserinnen, liebe Leser,

ich möchte mich an dieser Stelle ganz herzlich bei euch allen bedanken. Dafür, dass ihr euch für dieses Buch entschieden, es gekauft und gelesen habt.

Mit der Veröffentlichung dieses Buchs, noch dazu zu Samhain, hat sich ein großer Traum erfüllt. Schon immer wollte ich etwas über Hexen schreiben, nur hat mir die richtige Idee gefehlt, bis mir eines Tages Isa in den Kopf gekommen ist und mich nicht mehr in Ruhe gelassen hat, bis ich ihre Geschichte aufgeschrieben habe. Und wir sind noch lange nicht am Ende.

Diese Geschichte mit euch zu teilen, ist außerdem ein großer Schritt auf dem Weg zu meinem Traum vom Autorenleben. Durch Isa, die Finchleys und all die anderen verrückten Charaktere, die ihr in den kommenden Büchern noch kennenlernen werdet, habe ich gemerkt, wie viel mir das Schreiben bedeutet. Ich bin so unendlich dankbar, dass ich jetzt hier sitzen und diese Worte tippen kann.

Es gibt so vielen Menschen, denen ich dafür danken müsste, die gar nicht wissen, wie sehr mich ihr Rat darin bestärkt hat, diesen großen Schritt zu wagen, aber das würde definitiv den Rahmen dieser kurzen Nachricht sprengen. Danke euch allen, vor allem den lieben Kollegen vom S. Fischer Verlag, durch die ich während meiner Ausbildung alles übers Bücher machen gelernt habe. Danke an meine wunderbaren Testleser, die sich die Zeit genommen haben, um diesen Text aufzuhübschen. Danke, Mama und Papa, dass ihr mich auf diesem steinigen Weg in Richtung Autorenleben unterstützt, auch wenn es nicht immer leicht ist.

Und danke an alle, die zu diesem Buch eine Rezension schreiben oder es an ihre Lesefreunde weiterempfehlen. Das bedeutet mir mehr, als ich je in Worte ausdrücken könnte!

Wie es mit Isa in White Oak weitergeht, könnt ihr in Natural Witches nachlesen. Im Anschluss findet ihr den Klappentext, eine kurze Leseprobe und den Link zum zweiten Teil. Und falls ihr keine Updates und Neuigkeiten zu den nachfolgenden Bänden der Witch's World Serie verpassen wollt, schaut gerne auch auf Instagram und YouTube vorbei. Dort gebe ich euch durch Vlogs und Stories Einblicke in die Entstehung der Reihe und meine anderen Buchprojekte. Und manchmal könnt ihr sogar durch Abstimmungen und Q&As mithelfen, die Reihe zu gestalten.

Danke für alles!

Eure Kate
Oktober 2019

LESEPROBE

NATURAL WITCHES

witch's world band 2

BIST DU BEREIT FÜR DIE NACHTWELT?

Isa Finchley hat es an die White Oak Akademie, einer Schule für junge Hexen, geschafft. Hier, so hofft sie, wird sie lernen, ihre gefährlichen Kräfte zu kontrollieren, und mehr über die Welt herausfinden, in die sie an ihrem 19. Geburtstag gestolpert ist. Die Nachtwelt.

Während sie an ihrer letzten Schule den Zickenkriegen meist entgehen konnte, gerät sie auf White Oak mitten zwischen die Fronten. Als zufällige Hexe ohne den Rückhalt einer großen Hexenfamilie ist sie ein leichtes Ziel für Joana Waterhouse, der Tochter des Hexenkönigs von Britannia. Mit ihren immensen magischen Kräften ist Isa ihrer einflussreichen Mitschülerin ein Dorn im Auge und bekommt das deutlich zu spüren.

Isa lässt sich Joanas Schikanen allerdings nicht gefallen und bringt damit nicht nur sich, sondern auch ihre neuen Freundinnen in Gefahr. Denn mit der Tochter des Hexenkönigs und ihren Witch-Bitches ist nicht zu spaßen. Und was mit einer harmlosen Beleidigung begonnen hat, könnte schon bald in einem erbitterten Kampf enden.

Kann sie sich gegen Joana behaupten und sich ihren Platz in der White Oak Akademie sichern? Oder verliert sie am Ende vollkommen die Kontrolle über sich und ihre Kräfte?

KAPITEL 1

Milla

Ich sauge tief die Luft ein, ehe ich den Atem anhalte und austeste, welche Stimmung heute über White Oak liegt. Irgendetwas fühlt sich verkehrt an. Mehr Magie als sonst schwirrt durch die Zimmer der Akademie und sie ist alles andere als kontrolliert und geordnet, wie ich es gewohnt bin. Sofort breitet sich eine Gänsehaut auf meinen Armen aus, auch wenn ich noch in meinem kuscheligen Bett liege.

Noch bevor ich die Augen richtig geöffnet habe, springe ich aus der Wärme meines Bettes und ziehe meinen zwei Freundinnen die Decke weg.

»Lucinda Knight, Abigail Sage, spürt ihr das auch?«, rufe ich und reiße die Mädchen, mit denen ich mir das Zimmer teile, aus dem Schlaf. »Da stimmt was nicht! Wacht auf!«

Stöhnen ertönt und im Halbdunkel unseres Zimmers kann ich gerade noch so einem Kissen ausweichen, die Vase auf dem Regal neben der Tür allerdings nicht. Mit einem lauten Klirren landet sie auf dem Boden.

»Sei leise, Milla! Wir können noch mindestens eine halbe Stunde bis zum Morgentee schlafen«, knurrt Abigail Sages Stimme in der Dunkelheit. Alle hier nennen sie Big Sage, aber ich habe nie verstanden, wieso. Sie ist weder groß, noch eine Salbeipflanze. Aber wie eine Abigail sieht sie auch nicht aus. Eher wie eine Amanda oder eine Alice.

Heftig schüttle ich den Kopf. »Und was ist, wenn das gefährlich ist? Ihr wisst doch, was Professor Flint über Magie gesagt hat«, entgegne ich und sehe den Professor genau vor mir. Wie er auf seinem Podium im Wassersaal stelle ich mich auf Lucinda Knights Holzkiste am Fußende ihres Bettes und hebe den Zeigefinger meiner rechten Hand in die Höhe. Großmutter sagt, dass man mit der linken Hand vorsichtig sein muss. Die verwenden böse Hexen zum Zaubern, wenn sie jemandem wehtun wollen.

»Magie muss kontrolliert fließen. Die kleinste Unruhe kann bereits gefährlich sein und in manchen Fällen sogar tödlich enden«, gebe ich seine Warnung Wort für Wort wieder und bemühe mich, dabei wie er zu klingen. Die Stimme ein bisschen höher und mit langen Atemzügen nach jedem dritten Wort, als wäre ich gerade das Treppenhaus bis zu unserem Zimmer hochgerannt.

»Es ist noch viel zu früh, um an Unterricht zu denken, Milla!«, murmelt Lucinda Knight und zieht sich die Decke über den Kopf. Zumindest glaube ich, dass sie das tut, weil aus ihrer Ecke des Zimmers ein lautes Rascheln kommt.

Oder war das etwa das leere Bett, das ihrem gegenübersteht? Wäre schließlich nicht das erste Mal, dass sich Gegenstände verselbständigen. Kein Wunder bei all der Magie in der Luft!

»Denkt, an was ihr wollt, aber ich schaue mir das jetzt an!«, entgegne ich, auch wenn ich mich eigentlich gar nicht traue. Ohne Abigail Sage und Lucinda Knight verlasse ich fast nie das Zimmer. Das bin ich mittlerweile so gewohnt und Groß-mutter sagt immer: »Egal, was du machst, Mil-la-Schätzchen, gehe niemals alleine durch White Oak. Manche sind nicht mehr zurückgekommen.« Dann lacht sie laut, was eher wie ein Husten klingt, und tätschelt mir so fest den Kopf, dass ich auch noch Stunden später Kopfweh habe.

Ob das wirklich wahr ist? Keine Ahnung. Aber herausfinden will ich es auch nicht …

Wieder und wieder höre ich ihre Worte in meinem Kopf, spüre ihre feuchtwarme Hand auf meinem Haar und merke, wie sich langsam Kopf-schmerzen ankündigen. Trotzdem greife ich nach meinem Morgenmantel, der mir, wie die meisten meiner Klamotten, viel zu groß ist. Großmutter gibt mir immer ihre Sachen, aber sie ist ungefähr dreimal so breit wie ich und wesentlich größer. Mir ist das egal. Ihre Klamotten erinnern mich an sie, an Zuhause, wo ich ganz alleine herumlaufen kann, ohne zu verschwinden.

»Milla, du gehst doch jetzt nicht ernsthaft da raus, oder?«, fragt Abigail Sage und klingt plötzlich ganz anders. Nicht mehr so genervt, sondern eher wie Großmutter, wenn ich mit meinen Gedanken nicht ganz dagewesen bin.

»Doch!«, entgegne ich und schiebe die Ärmel des Morgenmantels hoch, um den Gürtel zusam-menbinden zu können. »Ich will wissen, was da los ist!«

Ich springe von der Kiste herunter und lande mit den Füßen auf dem eiskalten Steinboden. Das Feuer in unserem kleinen Kamin ist schon vor Stunden ausgegangen. Da kühlt das Zimmer schnell aus, vor allem jetzt im Herbst. Kein Wunder, dass Lucinda Knight oder sogar das leere Bett die Decke hochgezogen haben.

Wieder höre ich ein Stöhnen, ehe es erneut in der Dunkelheit raschelt, diesmal aber aus Abigail Sages Richtung.

»Zieh dir wenigstens Socken an!«, rät sie mir.

Ich wackle mit den Zehen auf dem Boden und zucke dann die Schultern. Was macht so ein bisschen Kälte, wenn wir alle in großer Gefahr sind?

»Keine Zeit, Abigail Sage!«, rufe ich und setze mich in Bewegung. Wie das Wasser von Loch Codwyll umgibt die Kälte meine Beine, aber das ist mir egal. Ich muss einfach wissen, was in der Nacht passiert ist, dass die Magie hier so außer Kontrolle geraten ist.

»Milla!«, ruft Abigail Sage mir hinterher, aber da habe ich die Tür schon erreicht und bin schneller im Treppenhaus, als sie »Stopp!« sagen kann.

Ich renne die Treppe herunter und folge der Spur von Merkwürdigkeit in der Luft, die die übliche Magie dieses Ortes wie ein Dolch geteilt hat.

»So soll das nicht sein«, murmele ich und erreiche endlich das Erdgeschoss. Über mir höre ich Schritte aus dem Treppenhaus. Vielleicht sind das Joana Waterhouse, Violet Ellis und Tamsin Blight, die etwas für ihre Figur tun müssen, wie sie es nennen. Wobei ich nie verstanden habe, was sie denn nun tun …

Also beeile ich mich nur umso mehr. Die drei, die Abigail Sage immer die Witch-Bitches nennt, mögen mich nicht sonderlich. Wenn sie mich sehen, verziehen sie immer ihre Gesichter, als hätten sie einen ekeligen Geschmack im Mund. Und manchmal sagen sie komische Sachen über Großmutter, die mir nicht gefallen, also versuche ich, sie gleich wieder zu vergessen.

»Wo kommst du her?«, frage ich leise, als ich die Eingangshalle betrete, und sehe mich um.

Hier fühlt es sich so an, als hätte die Merkwürdigkeit in der Luft wie ein Wirbelsturm gewütet. Auf den ersten Blick ist alles wie immer. Zu viel Staub auf den Regalen und dem Tisch, auf dem das dicke Lederbuch mit Namen liegt. Vertrocknete Blumen in der Vase und viele schwarz-weiß Bilder an der Wand. Großmutter sagt, dass es früher keine farbigen Fotoapparate gegeben hat. Aber warum haben sie dann keine Farbe in die Bilder gezaubert?

»Guten Morgen, Milla«, erklingt Miss Marthas Stimme. Es gefällt mir nicht, dass ich nur ihren Vornamen kenne. Jeder kennt nur ihren Vornamen, weil sie ihren Nachnamen vergessen hat.

»Morgen«, nuschele ich, als ich endlich herausgefunden habe, wo die Spur der Merkwürdigkeit weiterführt und rausche an unserer Haushälterin vorbei.

Die Schritte, die ich vorhin noch über mir gehört habe, sind nun hinter mir und klingen so gar nicht nach den Witch-Bitches. Eher nach Abigail Sage, polternd und schwer. Aber sie ist nicht allein. Wenn ich mich auf sie konzentriere, spüre ich direkt hinter ihr Lucinda Knights Magic. Ein wenig verschlafen und etwas außer Kontrolle geraten, aber kein Vergleich zu dem, was mich einen Gang und zwei Treppenstufen hinter einer der Türen zu den Gästezimmern erwartet.

Im schwachen Licht, das durch das einzige Fenster fällt, sieht sie aus wie ein schlafendes Mädchen mit Schlamm im Haar. In ihrem Inneren tobt allerdings ein Sturm, der offenbar die Ursache für die ganze Merkwürdigkeit in der Luft ist. Aber gefährlich wirkt sie nicht. Trotzdem bleibe ich im Türrahmen stehen, nur für den Fall, dass sie und ihre Magie gleich erwachen.

»Hab' ich doch gewusst, dass wir eine Neue haben.« Beim Klang von Joana Waterhouses Stimme zucke ich zusammen und wirble zum Gang herum. Mit den Armen vor der Brust verschränkt baut sie sich hinter mir auf und starrt wie ich auf das schlafende Bündel Chaos am anderen Ende des Gästezimmers.

»Niemand, den ich kenne. Also ist sie eine Zufällige«, sagt sie mit einem prüfenden Blick auf das Mädchen mehr zu sich selbst als zu mir. Gerade das letzte Wort spuckt sie aus, als wäre es eine Fliege, die sie aus Versehen eingeatmet hat. Das sagen viele Hexen so, aber Großmutter hat mir beigebracht, dass das sehr böse ist. Zufällige sind auch nur Hexen.

»Das sagt man nicht so«, platzt es aus mir hervor, ohne dass ich es verhindern kann.

»Als ob du verstehen könntest, was das bedeutet«, entgegnet Joana Waterhouse mit einem ziemlich finsteren Blick auf das Mädchen. Dann stößt sie sich vom Türrahmen ab und verschwindet, wobei ich den Klang ihrer Stöckelschuhe noch lange hören kann. Großmutter würde mich nie solche Schuhe tragen lassen. »Du behältst deine Füße besser auf dem Boden, Milla-Schätzchen, standhaft wie ein mächtiger Baum.«

Ihre Stimme verklingt sofort, als ich näher an das Bett trete, um das Mädchen zu betrachten. Sie schläft noch immer und hat nicht gehört, wie gemein Joana Waterhouse zu ihr gewesen ist. Ist wohl auch besser so, sonst hätte ihre Magie die Energien von White Oak nur noch mehr durcheinandergebracht.

ÜBER DIE AUTORIN

Kate S. Stark hatte schon immer ein Faible für alles Übersinnliche und Magische. Als Kind war sie fest überzeugt, eines Tages auf einem Besen durch die Weltgeschichte fliegen und mit Tieren sprechen zu können. Weil sie mittlerweile eingesehen hat, dass ihr das wohl nicht vergönnt sein wird, hat sie zunächst eine Ausbildung bei einem Buchverlag abgeschlossen, im Online-Marketing gearbeitet und konzentriert sich nun aufs Schreiben. Wenn man schon nicht hexen kann, erschafft man eben Charaktere, die diese Fähigkeiten besitzen und einen ganzen Haufen gefährlicher magischer Wesen.

Aber hin und wieder darf es auch romantisch werden, wie sie mit ihrem Verlagsdebüt Die Dunkelheit deiner Seele beweist, das im Frühjahr 2020 erscheinen wird.

In der Witch's World Serie hat sie ihre Leidenschaft für Hexerei und Schreiben verbunden. Band 1, Wayward Witches, erschien pünktlich zu Halloween/Samhain, Kates absolutem Lieblingsfeiertag.

Website: www.katesstark.com
YouTube: www.youtube.com/c/KateStarkschreibt
Instagram: www.instagram.com/katesstark/

WITCH'S WORLD SERIE
Band 1: Wayward Witches
Band 2: Natural Witches
Band 3: Wicked Witches
Weitere Bände der Serie sind in Vorbereitung.